लक्ष्य बनाएँ, सफलता पाएँ!

लक्ष्य बनाएँ, सफलता पाएँ!

लक्ष्य तक पहुँचने के 31 सिद्धांत

डॉ. सुधीर दीक्षित

MANJUL
मंजुल पब्लिशिंग हाउस

MANJUL

मंजुल पब्लिशिंग हाउस

कॉरपोरेट एवं संपादकीय कार्यालय

• द्वितीय तल, उषा प्रीत कॉम्प्लेक्स, 42 मालवीय नगर, भोपाल-462 003

विक्रय एवं विपणन कार्यालय

• सी-16, सेक्टर 3, नोएडा, उत्तर प्रदेश, 201301

वेबसाइट : www.manjulindia.com

वितरण केन्द्र

अहमदाबाद, बेंगलुरू, कोच्चि, कोलकाता, चेन्नई,

हैदराबाद, मुम्बई, नई दिल्ली, पुणे

लक्ष्य बनाएँ, सफलता पाएँ!

यह हिन्दी संस्करण 2023 में पहली बार प्रकाशित

तृतीय आवृत्ति 2026

ISBN 978-93-5543-230-8

डॉ. सुधीर दीक्षित इस पुस्तक के

लेखक होने की नैतिक ज़िम्मेदारी वहन करते हैं

मुद्रण व जिल्दसाज़ी : रेप्रो इंडिया लिमिटेड

अनुक्रम

प्रस्तावना

लक्ष्य तक पहुँचना मुश्किल क्यों होता है?

'जो लोग लक्ष्य नहीं बनाते हैं, वे अंततः लक्ष्य बनाने वाले लोगों के लिए काम करते हैं।'

–जैक कैनफ़ील्ड

अगर लक्ष्य तक पहुँचना आसान होता, तो संसार का हर व्यक्ति स्वस्थ, संपन्न और सुखी होता, क्योंकि समूची मानव जाति का लक्ष्य यही है।

लक्ष्य पर हज़ारों पुस्तकें लिखी जा चुकी हैं, लेकिन फिर भी ज़्यादातर लोग लक्ष्य तक नहीं पहुँच पाते। समस्या कहाँ है?

समस्या दरअसल हमारे मस्तिष्क के सॉफ़्टवेयर में है, जिसकी डिफ़ॉल्ट प्रोग्रामिंग आज भी आदिम युग की है। हमारे गुफामानव पूर्वजों के लक्ष्य बहुत कम थे : ख़ुद को ज़िंदा रखना, शिकार करके या फल खाकर भूख मिटाना और वंश बढ़ाना। यानी आत्मरक्षा, भोजन और सेक्स हमारे मुख्य लक्ष्य थे। ये बुनियादी लक्ष्य हैं, जिनकी प्रोग्रामिंग आपके मस्तिष्क के सॉफ़्टवेयर में लाखों साल से है। ध्यान दें, आपके

मस्तिष्क का सॉफ़्टवेयर आपकी पूरी मदद तभी करेगा, जब आपके लक्ष्य इन तीन आदिकालीन लक्ष्यों की दिशा में होंगे। आधुनिक लक्ष्यों के मामले में यह आपकी ज़्यादा मदद नहीं करेगा, उलटे विरोध भी कर सकता है। यानी मूल समस्या यह है कि आपके सॉफ़्टवेयर में आज भी इन्हीं तीन मूल लक्ष्यों की प्रोग्रामिंग है; बाक़ी लक्ष्यों की प्रोग्रामिंग नहीं है।

कृषि युग में मनुष्य के लक्ष्यों का विस्तार हुआ और नए लक्ष्य बने : अच्छी फ़सल पैदा करना (भोजन), साहूकार का क़र्ज़ चुकाना (आत्मरक्षा), बच्चों की शादी करना, मवेशी ख़रीदना, आड़े वक़्त के लिए सोना-चाँदी ख़रीदना (आत्मरक्षा) और निवेश के लिए ज़मीन ख़रीदना। लक्ष्य काफ़ी स्पष्ट थे! ग़ौर करें कि आदिकालीन लक्ष्य - आत्मरक्षा, भोजन और सेक्स - इस समय भी मूल लक्ष्य थे, लेकिन उनके साथ कई अतिरिक्त लक्ष्य जुड़ गए, जैसे ज़मीन में निवेश और बच्चों की शादी आदि सामाजिक कर्तव्य। आदिम युग में लक्ष्य व्यक्तिगत थे, लेकिन कृषि युग में कुछ सामाजिक लक्ष्य भी जुड़ गए। ग़ौर करें, ग्रामीण परिवेश में करियर में प्रमोशन या रिटायरमेंट प्लानिंग जैसे लक्ष्य नहीं होते थे। शहरीकरण और औद्योगीकरण के बाद कई नए लक्ष्य आ गए - मकान ख़रीदना, कार ख़रीदना, करियर में प्रमोशन, मनोरंजन, पर्यटन और रिटायरमेंट फ़ंड की व्यवस्था करना, फ़िट व छरहरे दिखना आदि। समस्या यह है कि हमारे लक्ष्य तो नए हैं, लेकिन सॉफ़्टवेयर पुराना है और उसमें जिन लक्ष्यों की प्रोग्रामिंग है, हमारे नए लक्ष्य उनसे मेल नहीं खाते हैं। कृषि युग लगभग बारह हज़ार साल पुराना है, औद्योगिक युग तीन सौ साल पुराना है, जबकि हमारे डीएनए का सॉफ़्टवेयर लाखों साल पुराना है, इसलिए

यह उतनी तेज़ी से नहीं बदला है, ना ही बदल सकता है, जितनी तेज़ी से हम या हमारे लक्ष्य बदले हैं।

उन्नीसवीं सदी के औद्योगीकरण, बीसवीं सदी के नगरीकरण और इक्कीसवीं सदी के इंटरनेट युग ने पूरे संसार को बदल दिया है। हमने कम समय में बहुत तरक्की कर ली है और बहुत से क्षेत्रों में नए-नए लक्ष्य बनाए हैं; मूल समस्या यह है कि हमारा सॉफ़्टवेयर इन लक्ष्यों को हासिल करने में हमारी मदद तब तक नहीं करेगा, जब तक कि वे हमारे मूल लक्ष्यों की दिशा में नहीं होंगे। इस पुस्तक में आपको बताया जाएगा कि आप अपने लक्ष्य हासिल करने के लिए अपने सॉफ़्टवेयर का इस्तेमाल कैसे कर सकते हैं, ताकि आपको मनचाहे परिणाम मिलें।

लक्ष्यों के संदर्भ में एक और पेंच है। हर व्यक्ति अलग होता है। हर एक के लक्ष्य भी अलग होते हैं :

- कुछ के लक्ष्य होते हैं, कुछ के होते ही नहीं हैं।
- कुछ के लक्ष्य स्पष्ट होते हैं, कुछ के अस्पष्ट होते हैं।
- कुछ के लक्ष्य अल्पकालीन होते हैं, कुछ के दीर्घकालीन होते हैं।

समस्या सिर्फ़ इतनी ही नहीं है। एक ही व्यक्ति के लक्ष्य भी एक से नहीं होते :

- एक ही व्यक्ति के अलग-अलग क्षेत्रों में अलग-अलग लक्ष्य होते हैं।
- किसी क्षेत्र में छोटे लक्ष्य होते हैं, तो किसी क्षेत्र में बड़े होते हैं।

- किसी क्षेत्र में आसान लक्ष्य होते हैं, तो किसी क्षेत्र में मुश्किल होते हैं।

समस्या आगे भी है :

- जैसे ही हम कोई लक्ष्य बनाते हैं, कोई न कोई बाधा या समस्या आ जाती है, जिस वजह से हम कोशिश करना छोड़ देते हैं।
- लक्ष्य तय करने के बाद कुछ समय तक तो हमारे अंदर जोश रहता है, प्रेरणा रहती है, संकल्प रहता है, लेकिन फिर रोज़मर्रा के व्यवधान सामने खड़े हो जाते हैं और हम पुराने ढर्रे पर लौट जाते हैं।
- हम शुरुआत में इच्छाशक्ति और संकल्प का इस्तेमाल करते हैं, लेकिन संतोषजनक प्रगति नहीं दिखने पर हार मान लेते हैं।

कोई हैरानी नहीं कि लक्ष्य तय करना और उन्हें हासिल करना मुश्किल होता है! इसी वजह से जनवरी में जिम की सदस्यता लेने वाले ज़्यादातर लोग मार्च तक जिम जाना छोड़ देते हैं।

1940 में अल्बानिया के राजा ज़ोग प्रथम लंदन के रिट्ज़ होटल में ठहरने आए। उनके कई बैग बहुत भारी थे। जब कुली ने राजा से पूछा कि क्या इनमें कोई बहुत मूल्यवान चीज़ है, तो राजा ने कहा, 'हाँ, इनमें सोना भरा है।' यानी आधुनिक युग में भी राजा ज़ोग प्राचीन सॉफ़्टवेयर पर चल रहे थे, जो आधुनिक मुद्रा के बजाय सोने को मूल्यवान मानता था।

तो आइए, लक्ष्यों के रोमांचक संसार में चलते हैं, क्योंकि वास्तव में लक्ष्य ही सफलता की सीढ़ी हैं। बस यह

सुनिश्चित कर लें कि आपके लक्ष्य सही हों। स्टीफ़न कवी की सलाह याद रखें, 'सफलता की सीढ़ी पर सपाटे से चढ़ने से पहले यह पक्का कर लें कि यह सही दीवार से टिकी हो।'

लक्ष्य तय करने के मामले में आपको वह ग़लती नहीं करनी चाहिए, जो लुइस बी. मेयर ने की थी। अमेरिकी फ़िल्म प्रोड्यूसर लुइस बी. मेयर बड़े आदमी जैसे दिखना चाहते थे और उन्हें किसी ने बताया कि बड़े लोग गोल्फ़ खेलते हैं, इसलिए वे तुरंत गोल्फ़ खेलने पहुँच गए। गोल्फ़ में स्ट्रोक के आधार पर स्कोर रखा जाता है, लेकिन उन्होंने ग़लती से इसे एक तरह की रेस मान लिया। वे दौड़-दौड़कर गोल्फ़ खेलते थे और खेल पूरा होने पर घड़ी देखकर कहते थे, 'आज हमने इसे एक घंटे सात मिनट में पूरा कर लिया! कल से तीन मिनट जल्दी।' उन्होंने अपनी सीढ़ी ग़लत दीवार से टिका ली थी, यानी उनका लक्ष्य ही ग़लत था। हमें इस ग़लती से बचना चाहिए और सही लक्ष्य तय करने के बारे में सावधान रहना चाहिए।

लक्ष्य का एसिड टेस्ट : आपकी सफलता की संभावना कितनी है?

'आप जो कर रहे हैं, अगर वह आपको अपने लक्ष्यों की दिशा में नहीं ले जा रहा है, तो वह आपको उनसे दूर ले जा रहा है।'

– ब्रायन ट्रेसी

अगर मैं आपसे पूछूँ कि इस समय आपका लक्ष्य क्या है, तो शायद आप थोड़ा सोचकर तीन, पाँच या सात लक्ष्य गिना देंगे।

लेकिन मैं आपसे एक लक्ष्य पूछ रहा हूँ – वह लक्ष्य, जो इस वक़्त आपके लिए सबसे महत्त्वपूर्ण है। आपका सबसे प्रमुख लक्ष्य!

हालाँकि एक लक्ष्य बताना चार–छह लक्ष्य बताने से ज़्यादा मुश्किल होता है, लेकिन फिर भी इसे एक पंक्ति में नीचे लिख दें।

मेरा लक्ष्य है.................................

मेरा विनम्र आग्रह है कि आगे पढ़ने से पहले पेंसिल या पेन उठाकर यह पंक्ति ज़रूर भरें, क्योंकि तभी आपको इस एसिड टेस्ट से फ़ायदा होगा।

लक्ष्य की जाँच करने का एसिड टेस्ट यह है : आप हर दिन अपने सबसे प्रमुख लक्ष्य पर कितने मिनट काम करते हैं?

इस सवाल का जवाब जो भी हो, उससे स्थिति आईने की तरह साफ़ हो जाएगी! अगर आप अपने लक्ष्य की दिशा में एक मिनट भी काम नहीं कर रहे हैं या दिन में सिर्फ़ 5 मिनट काम कर रहे हैं, तो समझदार को इशारा काफ़ी है। आपने ख़ुद ही ऊपर बताया है कि यह आपका सबसे महत्त्वपूर्ण लक्ष्य है, तो फिर आप इस पर इतने कम समय काम क्यों कर रहे हैं? आपको डेविड गेन जैसा बनना चाहिए, जिन्होंने कहा था, 'जागने से लेकर सोने तक मैं जो कुछ भी करता हूँ, वह हर काम मेरे सपने से जुड़ा है।'

अब शायद आप वह बनाएँगे, जो संसार का सबसे लोकप्रिय बहाना है, 'मेरे पास समय नहीं है!'

देखिए, संसार में हर इंसान के पास एक दिन में 24 घंटे होते हैं। अगर आप इनमें से 10 घंटे सोने और रोज़मर्रा के कामों के लिए हटा दें, तब भी आपके पास 14 घंटे बचते हैं। अगर आप नौकरी करते हैं, तो 8 घंटे और हटा दें। अब भी आपके पास 6 घंटे बचते हैं। यानी पूरे दिन का 25 प्रतिशत समय! यानी 360 मिनट। यह आपका ख़ाली समय है, जिसमें आप कोई भी मनचाहा काम कर सकते हैं। एसिड टेस्ट यह है कि आप इन 360 मिनटों में से हर दिन अपने लक्ष्य की दिशा में कितने मिनट काम कर रहे हैं।

स्टारबक्स के सीईओ हॉवर्ड शुल्ज़ हर दिन ऑफ़िस में 13 घंटे काम करते हैं : सुबह 6 बजे से शाम को 7 बजे तक। इसके बाद वे घर जाकर रात को विदेशी कर्मचारियों से फ़ोन पर मीटिंग करते हैं। जब स्टारबक्स के सीईओ अपने लक्ष्य के लिए इतना समय निकाल सकते हैं, तो आप क्यों नहीं? ध्यान रखें, यह आपका लक्ष्य है, इसलिए अगर आप ही समय नहीं निकालेंगे, तो फिर कौन निकालेगा?

अगर आपका लक्ष्य ज़्यादा पैसे कमाना है, तो देखें कि आप इस लक्ष्य तक पहुँचने के लिए हर दिन कितना समय लगा रहे हैं। साइड बिज़नेस कर रहे हैं? अपनी योग्यताएँ बढ़ा रहे हैं? ऑनलाइन सेलिंग कर रहे हैं? इसके बजाय अगर आप अपने ख़ाली समय में 2 घंटे टीवी पर फ़िल्म देख रहे हैं, 2 घंटे वीडियो गेम खेल रहे हैं और 2 घंटे मोबाइल चैटिंग या सर्फ़िंग कर रहे हैं, तो क्या आपको नहीं लगता कि आप अपनी मंज़िल की विपरीत दिशा में जा रहे हैं? इस कहावत को याद रखें, 'अगर आप उत्तर दिशा में जाना चाहते हैं, तो दक्षिण दिशा में नहीं चलें।'

यह एसिड टेस्ट आपको तुरंत बता देता है कि आप अपने सबसे महत्त्वपूर्ण लक्ष्य की दिशा में बढ़ रहे हैं या नहीं। और अगर बढ़ रहे हैं, तो आपकी गति या प्रगति कितनी संतोषजनक है। आदर्श स्थिति यह है कि आप अपने लक्ष्य को ध्रुवतारा बना लें और हमेशा उसी दिशा में चलते रहें। यानी आपको दिन में न्यूनतम 360 मिनट अपने लक्ष्य की दिशा में काम करना चाहिए (अगर आप नौकरी नहीं करते हैं, तो इसमें आठ घंटे बढ़ा लें; तब आपको अपने लक्ष्य की दिशा में कुल 14 घंटे या 840 मिनट काम करना चाहिए।) बो बेनेट का यह कथन हर पल याद रखने लायक़ है, 'आप अपने जीवन में जो भी समय ख़र्च करते हैं, वह हर मिनट या तो आपको अपने लक्ष्यों के क़रीब पहुँचाता है या उनसे दूर ले जाता है।'

लक्ष्य तक पहुँचने के तीन क़दम

'सफलता का कोई बड़ा या जटिल रहस्य नहीं है –
बस एक लक्ष्य चुन लें और उससे चिपके रहें।'

–रिचेल ई. गुडरिच

आपका लक्ष्य चाहे बचत करना हो या वज़न कम करना, उस तक पहुँचने के लिए आपको सिर्फ़ तीन क़दम उठाने होते हैं :

1. लक्ष्य तय करें
2. लक्ष्य तक पहुँचने की योजना बनाएँ
3. योजना पर अमल करें

लक्ष्य तक पहुँचने का पहला क़दम : लक्ष्य तय करें

'अगर आप जीवन में मनचाही प्रगति नहीं कर पा रहे हैं, जिसे करने में आप सक्षम हैं, तो समस्या सिर्फ़ यह है कि आपके लक्ष्य स्पष्ट नहीं हैं।'

—पॉल जे. मेयर

बहुत से लोग उस व्यक्ति की तरह होते हैं, जो दिन में दस बार लॉटरी लगने की प्रार्थना करता था। एक साल बाद सपने में भगवान बोले, 'लॉटरी के टिकट तो ख़रीदो।'

क्या यही हमारे साथ नहीं होता? हम सफलता तो हासिल करना चाहते हैं, लेकिन लक्ष्य तय नहीं करते। स्पष्ट लक्ष्य बनाना लॉटरी का टिकट ख़रीदने जैसा है। जिस तरह लॉटरी का टिकट ख़रीदने के बाद ही आप लॉटरी जीत सकते हैं, उसी तरह लक्ष्य तय करने के बाद ही आप सफल हो सकते हैं।

जब बराक ओबामा ग्रेड स्कूल में थे, तो उन्हें एक क्लास असाइनमेंट मिला, 'बड़े होने पर आप क्या बनना चाहते हैं?' ओबामा ने लिखा कि वे अमेरिका के राष्ट्रपति बनना चाहते हैं। उनका लक्ष्य इतना स्पष्ट था कि उन्होंने अंततः इसे साकार कर लिया। सभी सफल व्यक्ति किसी न किसी लक्ष्य से शुरू करते हैं। इसलिए आप भी एक लक्ष्य चुनें और शुरुआत में सिर्फ़ एक ही लक्ष्य चुनें :

मेरा लक्ष्य .... पाना/करना/बनना है।

देखिए, आप किसी रेस्तराँ में जाकर वेटर से यह नहीं कहते, 'कुछ भी ले आओ।' आप उसे स्पष्टता से बताते हैं कि

आपको क्या चाहिए, 'पनीर बटर मसाला, दाल बटर फ्राई और तंदूरी रोटी विथ बटर, एक-एक करके, बिलकुल गरम!' (मेरा फ़ेवरिट ऑर्डर।) जीवन के दूसरे क्षेत्रों में भी आपका लक्ष्य इतना ही स्पष्ट होना चाहिए। किसी ने कहा है कि जब आपका लक्ष्य पूरी तरह स्पष्ट होता है, तो सृष्टि इसे आपका ऑर्डर मान लेती है और वेटर की तरह उसे पूरा करने में जुट जाती है। यानी आप सृष्टि को अपना वेटर बना सकते हैं, बशर्ते आप इसे अपना लक्ष्य स्पष्टता से बता दें; वेटर की तरह ही सृष्टि भी आपकी मनचाही चीज़ आपको दे देगी।

कहा जाता है कि आपको स्मार्ट (SMART) **लक्ष्य तय करने चाहिए, यानी ऐसे लक्ष्य :**

- जो विशिष्ट और स्पष्ट हों (Specific)
- जिन्हें मापा जा सकता हो (Measurable)
- जो हासिल हो सकते हों (Achievable)
- जो यथार्थवादी हों (Realistic)
- जिन तक पहुँचने की समयसीमा तय हो (Time-bound)

लक्ष्य तक पहुँचने का दूसरा क़दम : लक्ष्य तक पहुँचने की योजना बनाएँ

'कुछ भी शुरू करने से पहले आपको एक योजना बनानी होती है कि आप मंज़िल तक कैसे पहुँचेंगे। अगर आप योजना नहीं बनाते हैं, तो यह गेंद के बिना फुटबॉल खेलने जैसा है।'

—बायरन पल्सिफ़र

योजना बनाने का मतलब यह सोचना है कि आप अपने लक्ष्य तक सबसे जल्दी और सबसे आसानी से कैसे पहुँच सकते हैं। योजना सावधानी से बनाएँ, क्योंकि ग़लत योजना आपका बहुत सा समय और ऊर्जा बरबाद कर सकती है।

आईटीटी के पूर्व सीईओ हैरॉल्ड जेनीन ने कहा था, 'लक्ष्य से शुरू करके पीछे की तरफ़ काम करें।' यह निर्णय लें कि आप भविष्य में कहाँ पहुँचना चाहते हैं और फिर पीछे आते हुए वर्तमान दिन तक की योजना बनाएँ कि वहाँ पहुँचने के लिए आपको क्या-क्या करना चाहिए।

सर्वश्रेष्ठ योजना में समयसीमा होती है और आप अपने बड़े लक्ष्य को दैनिक लक्ष्यों में तोड़ते हैं। यानी, आप लक्ष्य को टारगेट में बदलते हैं। संख्यात्मक लक्ष्यों तक पहुँचना ज़्यादा आसान होता है, क्योंकि उनमें आपको अपनी प्रगति या उसकी कमी स्पष्ट दिखाई देती है। जैसे, अगर किसी सेल्समैन को एक साल में 1,200 प्रॉडक्ट बेचने हैं, तो उसे इस बड़े लक्ष्य को तोड़कर हर सप्ताह और हर दिन का लक्ष्य तय करना चाहिए। साल में 1,200 प्रॉडक्ट यानी एक महीने में 100 प्रॉडक्ट, एक सप्ताह में 25 प्रॉडक्ट, एक दिन में लगभग 4 प्रॉडक्ट। जैसा ग्रेग एस. रीड ने कहा है, 'तारीख़ के साथ लिखा गया सपना लक्ष्य बन जाता है। क़दमों में विभक्त लक्ष्य योजना बन जाता है। योजना पर अमल करने से आपके सपने सच हो जाते हैं।'

अच्छे स्वास्थ्य जैसे अमूर्त लक्ष्यों तक पहुँचना मुश्किल होता है, क्योंकि उन्हें मापा नहीं जा सकता। इसलिए यहाँ आपको लक्ष्य के बजाय प्रक्रिया पर ध्यान देना होता है। स्वास्थ्य के मामले में आपकी सकारात्मक योजना यह हो सकती है : मैं हर दिन 10 मिनट योगाभ्यास करूँगा, 10

मिनट प्राणायाम करूँगा, 40 मिनट में 4 कि.मी. टहलूँगा, हर दिन तीन फल और दो सब्ज़ियाँ खाऊँगा, हर दिन 5 लीटर पानी पियूँगा, 8 घंटे की नींद लूँगा। आपकी योजना नकारात्मक भी हो सकती है : मैं जंक फूड नहीं खाऊँगा, मैं होटलबाज़ी नहीं करूँगा, मैं मैदा-चीनी-नमक छोड़ दूँगा आदि। (सकारात्मक योजना में मैंने सिर्फ़ 60 मिनट का शेड्यूल दिया है; आप इसे इच्छानुसार घटा-बढ़ा सकते हैं।)

आप पूछ सकते हैं, नकारात्मक योजना की क्या ज़रूरत है? देखिए, बुरी आदत छोड़कर ही आप अच्छी आदत के लिए समय और जगह ख़ाली कर सकते हैं।

अब नीचे लिखें :

लक्ष्य तक पहुँचने के लिए मेरी सकारात्मक योजना यह है :

1. मैं हर दिन .... मिनट/घंटे तक .... (यह काम) करूँगा।

लक्ष्य तक पहुँचने के लिए मेरी नकारात्मक योजना यह है :

1. मैं .... (इस बुरी आदत को) छोड़ दूँगा।

उन्नीसवीं सदी के ब्रिटिश पोएट लॉरिएट रॉबर्ट साउदी ने एक बार एक महिला को प्रभावित करने के लिए उसे अपने पूरे दिन की दिनचर्या बताई कि वे सुबह 5 बजे उठते हैं, सुबह 6 से 8 तक स्पेनिश पढ़ते हैं, 8 से 9 तक फ्रेंच पढ़ते हैं, फिर दो घंटे कविता लिखते हैं आदि-आदि। महिला ने उनकी पूरी दिनचर्या सुनने के बाद पूछा, 'तो फिर आप सोचते कब हैं?'

यही मुद्दे की बात है – सोचना! योजना बनाने से पहले सभी पहलुओं पर अच्छी तरह सोच-विचार करना नहीं भूलें।

लक्ष्य तक पहुँचने का तीसरा क़दम : योजना पर अमल करें

'आप जीवन में चाहे जो कर रहे हों,
बाधाएँ बहुत ज़्यादा मायने नहीं रखती हैं।
हो सकता है कि कष्ट या दूसरी परिस्थितियाँ मौजूद
हों, लेकिन अगर आप किसी काम को करने के
लिए बहुत आतुर हैं, तो आप उसे करने का कोई न
कोई तरीक़ा खोज ही लेंगे।'

–जैक यंगब्लड

जैसा मारिया कुओमो ने कहा है, 'सफल होने के सिर्फ़ दो नियम हैं; सटीकता से पता लगाएँ कि आप क्या करना चाहते हैं और फिर उसे कर दें।'

योजना पर अमल संभवत: सबसे महत्त्वपूर्ण क़दम है और ज़्यादातर लोगों की नैया यहीं डूबती है। महान व्यापारी जॉन वानामेकर कहते थे, 'कोई भी चीज़ सिर्फ़ सोच लेने से ही नहीं हो जाती।' प्राय: लोग लक्ष्य बना लेते हैं, योजना भी बना लेते हैं, लेकिन उस पर ज़्यादा समय तक अमल नहीं कर पाते। उनका शुरुआती उत्साह ठंडा पड़ जाता है और उनकी प्रेरणा चली जाती है। इसलिए अहम बात यह है कि आप कितनी शिद्दत से टारगेट चाहते हैं या आपकी प्रेरणा कितनी प्रबल है! पॉल हर्सी ने सोलह आने सही बात कही है, 'लोगों में "करने की योग्यता" का ही नहीं, बल्कि "करने की इच्छा" का भी फ़र्क़ होता है।'

हेनरी फ़ोर्ड ने कहा था, 'सफलता का मतलब है लक्ष्य; बाक़ी सब कमेंट्री है' और लक्ष्य तक पहुँचने की प्रक्रिया का सार यही है : स्पष्ट लक्ष्य, सटीक योजना, उत्साहपूर्ण अमल।

एनबीए हॉल ऑफ़ फ़ेम के मशहूर बास्केटबॉल खिलाड़ी बिल ब्रैडली सर्वश्रेष्ठ बनने के लिए अथक अभ्यास करते थे। वे बास्केटबॉल कोर्ट में पाँच जगहों से गेंद को 25 बार बास्केट की तरफ़ उछालते थे। अगर गेंद 22 बार बास्केट में नहीं जाती थी, तो वे दोबारा शुरू करते थे और तब तक गेंद उछालते रहते थे, जब तक कि वह 25 में से 22 बार बास्केट में नहीं चली जाए।

अगर आप भी बिल ब्रैडली की तरह सफल होना चाहते हों, तो ख़ुद से ये तीन सवाल पूछें :

- क्या मेरा लक्ष्य बिलकुल स्पष्ट है?
- क्या मेरे पास उस लक्ष्य तक पहुँचने की सटीक योजना है?
- क्या मैं उस योजना पर जोश से अमल कर रहा हूँ?

लक्ष्य तक पहुँचने का
पहला सिद्धांत

एक समय में एक ही लक्ष्य रखें

'एकलक्ष्यवाद काफ़ी हद तक हनीमून जैसा होता है। आप बाक़ी गतिविधियाँ भी करते हैं, लेकिन आपका ध्यान एक ही चीज़ पर केंद्रित रहता है।'

—अज्ञात

वॉरेन बफ़ेट, बिल गेट्स जूनियर और बिल गेट्स सीनियर एक सामाजिक समारोह में बातचीत कर रहे थे। तभी एक एक्ज़ीक्यूटिव ने उनसे पूछा, "आपके हिसाब से बिज़नेस में सफलता के लिए सबसे महत्त्वपूर्ण गुण कौन-सा है?" तीनों बेहद सफल व्यवसायियों ने एक साथ जवाब दिया : 'फ़ोकस!'

तीरंदाज़ एक बार में एक ही लक्ष्य पर निशाना साधता है। गोली चलाने वाला एक समय में एक ही लक्ष्य पर निशाना लगाता है। इसी तरह आपको भी एक समय में एक ही लक्ष्य रखना चाहिए। याद रखें, मानव मस्तिष्क यानी मिस्टर ब्रेन मल्टी-टास्किंग के लिए नहीं बना है। यह एक समय में एक ही विचार सोच सकता है। इसलिए लक्ष्य

तक पहुँचने का पहला सिद्धांत है : एक समय में एक ही लक्ष्य रखें।

स्टीफ़न कवी ने बताया है कि एक लक्ष्य होने पर हमारी सफलता की संभावना बहुत ज़्यादा रहती है और जैसे-जैसे लक्ष्य बढ़ते जाते हैं, संभावना घटती जाती है। यानी अगर आप सबसे उत्कृष्ट काम करना चाहते हैं, तो एक समय में एक ही लक्ष्य तय करें।

पुरानी सूक्ति याद रखें, 'एके साधे सब सधे, सब साधे सब जाए।' एक लक्ष्य का सबसे बड़ा लाभ यह है कि यह हमेशा याद रहता है, इसलिए आपको हमेशा पता होता है कि आप उसकी दिशा में काम कर रहे हैं या नहीं। अगर प्रोजेक्ट पूरा करना आपका एकमात्र लक्ष्य है, तो आप जानते हैं कि टीवी देखने या मैसेंजर पर चैटिंग करने से आपको लक्ष्य तक पहुँचने में कोई मदद नहीं मिलेगी।

जब जैन साहित्यकार टोडरमल *मोक्षमार्ग* नामक ग्रंथ लिख रहे थे, तो यही उनका एकमात्र लक्ष्य था। एक दिन भोजन करते समय उन्होंने माँ से कहा, 'माँ, आज आपने सब्ज़ी में नमक नहीं डाला।' माँ बोलीं, 'लगता है आज तुम्हारा ग्रंथ पूरा हो गया।' टोडरमल ने हैरानी से पूछा, 'आपको कैसे पता?' माँ ने कहा, 'मैं छह महीने से सब्ज़ी में नमक नहीं डाल रही हूँ, लेकिन तब तेरा पूरा ध्यान साहित्य-साधना पर था, इसलिए तेरा ध्यान नहीं गया। आज तेरा ध्यान गया, इसलिए मैंने सोचा कि ज़रूर तेरा काम पूरा हो गया है।' यानी जब हमारा मन एकाग्र होकर किसी एक चीज़ के बारे में सोचता है, तो यह इधर-उधर नहीं भटकता है।

अपनी ऊर्जा को कई लक्ष्यों के चक्कर में नहीं बिखेरें, बल्कि लेज़र की तरह एक लक्ष्य पर केंद्रित करें। हम घोड़े की आँखों पर ब्लाइंडर लगाते हैं, ताकि अगल-बग़ल की गतिविधियों से उनका ध्यान नहीं भटके। हमें भी कुछ ब्लाइंडर लगाने चाहिए, ताकि हम भी व्यवधानों से विचलित ना हों और अपने एकमात्र लक्ष्य पर पूरी तरह एकाग्रचित्त रहें।

डोमिनोज़ के संस्थापक टॉम मोनेहैन ने शुरुआत में अपने यहाँ सैंडविच, बर्गर, कोल्ड कॉफ़ी आदि कुछ भी नहीं रखा। उन्होंने सिर्फ़ एक चीज़ रखी - पिज़्ज़ा। क्यों? क्योंकि पिज़्ज़ा की त्वरित होम डिलिवरी ही उनका सबसे बड़ा लक्ष्य था।

एक लक्ष्य हमें काफ़ी शक्ति और ऊर्जा देता है। शायद इसीलिए स्टार्टअप कंपनियों के मालिक दिन-रात काम करने के बावजूद नहीं थकते, क्योंकि उनका एकमात्र लक्ष्य अपनी कंपनी को सफल बनाना होता है। वेनरमीडिया के संस्थापक गैरी वेनरचक के अनुसार पहले साल स्टार्टअप संस्थापकों को हर दिन 18 घंटे काम करना चाहिए।

1,000 डॉलर उधार लेकर सबवे फ़ास्ट फूड बिज़नेस शुरू करते समय फ्रे़ड डिल्यूका का लक्ष्य मैक्डॉनल्ड्स से आगे निकलना था। 1991 में डिल्यूका का सपना पूरा हुआ, जब सबवे के अमेरिकी आउटलेट्स की संख्या मैक्डॉनल्ड्स से ज़्यादा हो गई। आज 100 से ज़्यादा देशों में सबवे के 37,000 से अधिक रेस्तराँ हैं और यह सब एक लक्ष्य के कारण हुआ था।

एकलक्ष्यवाद के पीछे मनोविज्ञान का शक्तिशाली सिद्धांत काम करता है। मान लें, आप डिज़ायर कार ख़रीदना

चाहते हैं! तुरंत ही आपको सड़क पर बहुत-सी डिज़ायर कारें दिखने लगेंगी। पहले आपका ध्यान डिज़ायर कारों पर नहीं जाता था, लेकिन अब जाने लगता है। ऐसा क्यों? डिज़ायर कारें पहले भी चलती थीं, लेकिन मिस्टर ब्रेन उन्हें महत्त्वपूर्ण नहीं मानता था, इसलिए यह उन्हें आपके ध्यान में नहीं लाता था, लेकिन अब आप इसे ख़रीदना चाहते हैं, इसलिए मिस्टर ब्रेन डिज़ायर कार को आपके ध्यान में लाने लगता है। यही एकलक्ष्यवाद की शक्ति है। इससे आपको उस विशेष क्षेत्र में मौजूद सारी संभावनाएँ, अवसर और संकेत दिखने लगते हैं, जो पहले नहीं दिखते थे।

कैसेनोवा जब किसी महिला को हासिल करना चाहते थे, तो पूरी तरह से उसके पीछे पड़ जाते थे और किसी दूसरी चीज़ के बारे में नहीं सोचते थे। इसी नीति से उन्होंने हज़ारों महिलाओं का दिल जीता। उन्होंने कहा है, 'मेरा हमेशा विश्वास रहा है कि जब मनुष्य अपने दिमाग़ में कोई चीज़ ठान लेता है और अपनी योजना पर अमल करने में पूरी तरह जुट जाता है, तो वह हमेशा सफल होता है, चाहे राह में कितनी ही बाधाएँ क्यों नहीं हों।'

एकाग्र लक्ष्य का चश्मा लगाने के बाद आप पूरे संसार को उसी चश्मे से देखने लगते हैं। आपके सारे विचार, ऊर्जा और काम उसी दिशा में केंद्रित हो जाते हैं। तब आप सिर्फ़ वही काम करते हैं, जिनसे लक्ष्य तक पहुँचने में मदद मिले। यानी एक लक्ष्य होने पर आपकी सफलता की संभावना काफ़ी बढ़ जाती है, क्योंकि आपका लक्ष्य आपको लगातार सही दिशा दिखाता रहता है। एक बार स्विस प्रकृतिविज्ञानी अगैसिज़ को व्याख्यान देने के लिए अच्छे पारिश्रमिक का प्रलोभन दिया गया, लेकिन अगैसिज़ ने कहा कि शोध ही

उनका एकमात्र लक्ष्य है, इसलिए वे पैसे कमाने में समय बरबाद नहीं कर सकते।

के. कॉलिन्स के इस कथन को अपना सूत्रवाक्य बना लें, 'लक्ष्य तय करें और एक समय में एक लक्ष्य पूरा करने पर ध्यान केंद्रित करें।' लक्ष्य पर आपकी एकाग्रता गर्भवती माँ जैसी होनी चाहिए। वह अपने सारे निर्णय इस आधार पर लेती है कि उसके बच्चे के लिए क्या अच्छा रहेगा। इसी तरह आपको भी अपने सारे निर्णय अपने सबसे बड़े लक्ष्य के अनुसार लेने चाहिए कि उस तक पहुँचने का सबसे अच्छा तरीक़ा क्या होगा।

लक्ष्य तक पहुँचने का दूसरा सिद्धांत

24 घंटे का लक्ष्य बनाएँ

'यह नहीं सोचें कि एक महीने में क्या हो सकता है।
यह नहीं सोचें कि एक साल में क्या हो सकता है।
बस अपने सामने के 24 घंटों पर ध्यान केंद्रित करें।'

–एरिक थॉमस

मिस्टर ब्रेन दीर्घकालीन दृष्टिकोण से काम करने के लिए नहीं बना है; यह तो त्वरित प्रतिक्रिया के लिए बना है। दस, बीस या पच्चीस साल के लक्ष्य मानव मनोविज्ञान के विरोध में होते हैं, क्योंकि मिस्टर ब्रेन तुरंत संतुष्टि चाहता है। मिस्टर ब्रेन 24 घंटे के लक्ष्य को जितना महत्त्वपूर्ण मानता है, उतना 24 साल के लक्ष्य को नहीं मानता, इसलिए लक्ष्य तक पहुँचने का दूसरा सिद्धांत है : 24 घंटे का लक्ष्य बनाएँ।

दीर्घकालीन लक्ष्य टेस्ट मैच की तरह होते हैं और अल्पकालीन लक्ष्य टी–20 क्रिकेट की तरह होते हैं। मिस्टर ब्रेन को आप टी–20 का खिलाड़ी मान सकते हैं। यह अल्पकालीन लक्ष्यों तक पहुँचने में ख़ास माहिर होता है,

इसलिए अगर आप दैनिक लक्ष्य बनाएँगे, तो आप ज़्यादा आसानी से सफल हो सकते हैं। मशहूर ओलिंपिक जिमनास्ट शैनॉन मिलर ने सलाह दी है, 'आपको अल्पकालीन लक्ष्य तय करना चाहिए। इस बारे में सोचें कि आप अपने दीर्घकालीन लक्ष्य को साकार करने के लिए हर दिन, प्रति दिन क्या कर सकते हैं।'

जॉन ग्रीशम ने 45 से ज़्यादा पुस्तकें लिखी हैं और उन्होंने यह काम 24 घंटे का लक्ष्य बनाकर किया : हर दिन कम से कम एक पेज लिखना ही है, चाहे जो हो जाए। उन्होंने कहा है, 'हर दिन एक पेज लिखें यानी लगभग 200 शब्द या प्रति सप्ताह 1,000 शब्द। यह काम दो साल तक करेंगे, तो आपके पास पर्याप्त लंबा उपन्यास होगा। जब तक आप हर दिन कम से कम एक पेज नहीं लिखेंगे, तब तक कुछ भी नहीं होगा।'

अमेरिकी साहित्यकार जॉन अपडाइक हर दिन कम से कम तीन पेज लिखते थे। अपडाइक ने लक्ष्य तय करने का यह फ़ॉर्मूला जॉर्ज बरनार्ड शॉ से सीखा था, जो हर दिन पाँच पेज लिखते थे। जब शॉ के पाँच पेज पूरे हो जाते थे, तो वे रुक जाते थे, भले ही वाक्य अधूरा रह जाए। स्टीफ़न किंग हर दिन 2,000 शब्द लिखते थे। यानी इन सभी लेखकों के दैनिक लक्ष्य स्पष्ट थे, जो उन्हें प्रेरित करते थे। आपको भी अपने क्षेत्र में 24 घंटे के ऐसे ही स्पष्ट और प्रेरक लक्ष्य बनाना चाहिए।

जब रिच डेवॉस और जे वॉन एन्डल ने एमवे शुरू किया, तो उनका कोई दीर्घकालीन लक्ष्य नहीं था। रिच डेवॉस कहते हैं, 'शुरुआत में मैंने और जे ने एक-एक करके मील के पत्थर पार किए... जब हमारी छोटी कंपनी ने सेल्स

में दस लाख डॉलर का आँकड़ा छुआ, तो हमने बीस लाख डॉलर का लक्ष्य बनाया। जब हमारी पहली इमारत छोटी पड़ने लगी, तो हमने दूसरी इमारत बनवा ली। धीरे-धीरे, लगातार, लगनशील प्रयासों की बदौलत ही हमने इतनी बड़ी और सफल विश्वव्यापी कंपनी बनाई।'

स्वास्थ्य के क्षेत्र में मैगी लक्ष्य काफ़ी कारगर होते हैं – यानी दो मिनट के लक्ष्य। शुरुआत में यह संकल्प लें कि आप दिन में कम से कम दो मिनट प्राणायाम करेंगे या दो एक मिनट व्यायाम/योगा करेंगे। कुछ समय बाद आप देखेंगे कि आप दस मिनट प्राणायाम या दस मिनट व्यायाम करने लगे हैं, ज़्यादा स्वस्थ आहार लेने लगे हैं, स्वास्थ्य को लेकर ज़्यादा चेतन हो गए हैं और यह सब दो मिनट के मैगी लक्ष्य से शुरू हुआ था। एल्कोहलिक्स एनॉनिमस की सलाह पर चलें, 'एक बार में एक दिन' का लक्ष्य रखें। याद रखें, जब आप 'छोटे लक्ष्य' पूरे करने लगेंगे, तो 'बड़े लक्ष्य' अपने आप पूरे हो जाएँगे।

सामान्यत: लक्ष्य तय करने वाले लोगों के लिए सबसे मुश्किल दिन लक्ष्य बनाने के बाद वाला दिन होता है। बेस्टसेलिंग लेखक जॉन एकफ़ ने लक्ष्य तय करने पर बहुत शोध किया है और उनका निष्कर्ष है, 'दूसरा दिन सबसे मुश्किल होता है, जहाँ सबसे ज़्यादा लोग कोशिश छोड़ देते हैं।' इसलिए दूसरा दिन आने ही नहीं दें; सिर्फ़ 24 घंटे का लक्ष्य बनाएँ।

मिस्टर ब्रेन की संरचना ऐसी है कि बड़ी चुनौती, अवसर या इच्छा के सामने आते ही हम घबरा जाते हैं। दूसरी ओर, छोटे लक्ष्य तक पहुँचना आसान लगता है, इसलिए असफलता का कोई डर नहीं सताता है। माउंट

एवरेस्ट पर चढ़ने की बात सोचकर आप काँप जाएँगे, लेकिन किसी छोटी पहाड़ी पर चढ़ने की बात से आप रोमांचित हो जाएँगे। 24 घंटे का लक्ष्य बनाने के कई लाभ हैं : छोटे लक्ष्यों की राह में बाधाएँ कम आती हैं और आप जोश ठंडा होने से पहले ही लक्ष्य हासिल कर लेते हैं। छोटे लक्ष्यों से आप प्रेरित होते हैं, जबकि दीर्घकालीन और बड़े लक्ष्यों से आप हताश हो सकते हैं। छोटे लक्ष्य बनाने और हासिल करने का फ़ायदा यह होता है कि आपकी लक्ष्य तक पहुँचने की आदत पड़ती है, हर दिन सफलता का अहसास होता है, आप अच्छी भावनात्मक फ्रीक्वेंसी पर रहते हैं, आपके शरीर में डोपेमाइन तथा एंडोर्फ़िन्स नामक सुखद रसायनों का स्राव होता है, जिस वजह से आप अगले लक्ष्य हासिल करने के लिए प्रेरित हो जाते हैं। मानव मनोविज्ञान के अनुसार ज़्यादातर लोग वही काम करते हैं, जिससे तुरंत ख़ुशी मिले और जो आसान हो। इसलिए 24 घंटे का लक्ष्य बनाने में ही समझदारी है।

इयान मैकग्रेगर ने कहा है, 'मैं उसी सिद्धांत पर चलता हूँ, जिस पर घोड़ों को प्रशिक्षित करने वाले लोग चलते हैं। आप काफ़ी नीची फ़ेंसों से शुरू करते हैं, आसानी से हासिल होने वाले लक्ष्यों से शुरू करते हैं और फिर ऊपर की तरफ़ मेहनत करते जाते हैं।'

एक तरह से देखें, तो 24 घंटे का लक्ष्य न्यूटन की गति के दूसरे नियम से लाभ लेने का सरल उपाय है। इस नियम के अनुसार, जो चीज़ आकार में जितनी छोटी होती है, उसे गति में लाने के लिए उतनी ही कम शक्ति की ज़रूरत होती है; साइकिल के बजाय ट्रक धकाने में ज़्यादा शक्ति लगती है। वैसे इस मामले में एल्विन टॉफ़्लर की

सलाह याद रखें, 'छोटी चीज़ें करते समय आपको "बड़ी चीज़ों" के बारे में सोचना चाहिए, ताकि सभी छोटी चीज़ें सही दिशा में हों।'

लक्ष्य तक पहुँचने का तीसरा सिद्धांत

स्पष्ट लक्ष्य बनाएँ

'किसी भी चीज़ को हासिल करने के लिए 95 प्रतिशत यह जानना ज़रूरी है कि आप क्या चाहते हैं।'

–जॉन सी. मैक्सवेल

मेरी पहचान का एक मालिश वाला है मनोज! हर सुबह उसकी पत्नी उसे लिस्ट देती है कि शाम को घर पर क्या सामान लाना है। इस लिस्ट को देखकर वह अंदाज़ा लगाता है कि उसे उस दिन कितना कमाना है। फिर वह 100 रुपये प्रति घंटे के हिसाब से तय करता है कि उसे उस दिन कितने लोगों की मालिश करनी है। फिर वह उतने लोगों को फ़ोन करके उनकी मालिश करता है। मनोज का लक्ष्य बिलकुल स्पष्ट रहता है और जैसा आप देख सकते हैं, वह सिर्फ़ 24 घंटे का लक्ष्य बनाता है और एक ही लक्ष्य बनाता है। इसीलिए लक्ष्य तक पहुँचने का तीसरा सिद्धांत है : स्पष्ट लक्ष्य बनाएँ।

आपका लक्ष्य उतना ही स्पष्ट होना चाहिए, जितना चंदवरदाई ने पृथ्वीराज चौहान के सामने रखा था। मुहम्मद गौरी ने बंदी नेत्रहीन पृथ्वीराज चौहान को अपमानित करने के लिए उनकी परीक्षा ली कि वे अंधे होने के बावजूद शब्दभेदी बाण कैसे चला सकते हैं। तब चंदवरदाई ने पृथ्वीराज से कहा, 'चार बाँस चौबीस गज, अंगुल अष्ट प्रमाण ऊपर सुल्तान है, मत चूके चौहान।' पृथ्वीराज चौहान ने तुरंत बाण चला दिया, जो सीधा मुहम्मद गौरी के सिर पर लगा, जिससे उसकी मृत्यु हो गई। स्पष्ट लक्ष्य में इतनी ही शक्ति होती है।

एक रियल एस्टेट सेल्समैन साल भर में लगभग 40,000 डॉलर कमीशन कमाता था। एक साल उसने कमीशन में 95,000 डॉलर कमाए। उसने इसका कारण बताते हुए कहा, 'पिछले साल मेरी पत्नी ज़्यादातर समय अस्पताल में रही और मैं अच्छी तरह जानता था कि उसके इलाज में कितना ख़र्च आएगा।'

जब आपका लक्ष्य स्पष्ट होता है, तो आप प्रलोभनों से बचते हैं, अपने काम पर केंद्रित रहते हैं और इधर-उधर नहीं भटकते हैं। अवचेतन मन पर स्पष्ट लक्ष्य की ही छाप छूटती है, तभी वह इसे साकार करने की दिशा में सक्रिय होगा। जो लक्ष्य नहीं दिखता है, आप उस पर निशाना कैसे लगा सकते हैं?

एक महिला तैराक इंग्लिश चैनल पार करना चाहती थी। घने कोहरे में फँसने पर उसने कोशिश छोड़ दी। बाद में पता चला कि उस समय वह अपने लक्ष्य से सिर्फ़ आधा मील दूर थी। उसने कहा, 'अगर मुझे ज़मीन दिख जाती, तो मैं कभी कोशिश नहीं छोड़ती।' यानी अगर आपको लक्ष्य

स्पष्टता से दिखता है, तो आप कोशिश नहीं छोड़ते हैं; आप तो कोशिश तब छोड़ते हैं, जब आपको लक्ष्य दिखाई नहीं देता, क्योंकि तब आपको सिर्फ़ बाधाएँ दिखाई देती हैं।

स्पष्ट लक्ष्य में कितनी शक्ति होती है, यह आप अमेरिकी जिमनास्ट एली रेज़मैन के उदाहरण से समझ सकते हैं। बचपन में एली रेज़मैन ने अपने समर कैंप की ईयरबुक में लिखा था कि वे ओलिंपिक जिमनास्ट बनना चाहती हैं और बड़े होकर उन्होंने सचमुच जिमनास्ट बनकर ओलिंपिक में तीन स्वर्ण पदक जीते।

आपको अपने लक्ष्य के मुताबिक़ ही मिलता है। अगर आपका लक्ष्य बड़ा है, तो आपको ज़्यादा मिलेगा; अगर लक्ष्य छोटा है, तो कम मिलेगा। जब जे. पी. मॉर्गन एंड्रयू कारनेगी का स्टील व्यवसाय ख़रीद रहे थे, तो कारनेगी ने 250 मिलियन डॉलर क़ीमत माँगी। बाद में कारनेगी ने कहा कि उन्हें 100 मिलियन डॉलर ज़्यादा माँगने चाहिए थे। यह सुनकर मॉर्गन ने जवाब दिया, 'अगर आप माँगते, तो आपको मिल जाते।'

जब नाइकी का आईपीओ आने वाला था, तो निवेश बैंक ने इसका भाव 20 डॉलर रखने का सुझाव दिया, लेकिन नाइकी के संस्थापक फ़िल नाइट का लक्ष्य स्पष्ट था। वे चाहते थे कि उनकी कंपनी का आईपीओ भी एपल के आईपीओ जितने भाव पर आए – 22 डॉलर। उन्होंने निवेश बैंक से कहा कि अगर वो 22 डॉलर में आईपीओ नहीं लाएगा, तो वे आईपीओ रद्द कर देंगे। आख़िरकार निवेश बैंक ने बात मान ली, क्योंकि फ़िल नाइट का लक्ष्य बिलकुल स्पष्ट था।

स्टीव पवलीना के कथन पर ग़ौर करें, 'अस्पष्ट लक्ष्य तय करना किसी रेस्तराँ में जाकर यह कहने जैसा है, "मैं भूखा हूँ। मुझे कुछ चाहिए।" आप तब तक भूखे ही रहेंगे, जब तक आप किसी स्पष्ट चीज़ का ऑर्डर नहीं देंगे।'

जब तक आपका लक्ष्य स्पष्ट नहीं होगा, तब तक सृष्टि भी आपके ऑर्डर को पूरा नहीं करेगी। लक्ष्य को स्पष्ट बनाने के लिए इसके साथ स्पष्ट समयसीमा, राशि या संख्या अवश्य लिखें। जैसा बॉब मुआवाड ने कहा है, 'जब हम लक्ष्य तय करते हैं, तो वे दो तरीक़ों से काम करते हैं; हम उन पर काम करते हैं और वे हम पर काम करते हैं।' इस उद्धरण को दोबारा पढ़ें, क्योंकि यह बहुत ही महत्त्वपूर्ण तथ्य बताता है कि जब लक्ष्य स्पष्ट होता है, तो यह पूरा होने के लिए आप पर दबाव डालता है, जिससे आपकी प्रेरणा बनी रहती है और आपको कम कोशिश करना पड़ती है।

मैं एक युनिवर्सिटी के सेंट्रल वैल्युएशन में गया था, जहाँ सभी प्रोफ़ेसर एक हॉल में बैठकर कॉपी जाँचते थे। एक दिन मेरी टेबल पर दूर शहर से आए तीन प्रोफ़ेसर बैठे थे। मैंने अपना टिफ़िन खोलते समय उनसे कहा, 'लंच ले लीजिए।' वे बोले, 'नहीं। हम यहाँ पैसे कमाने आए हैं, लंच करने नहीं आए हैं।' बाद में पता चला कि वे सुबह युनिवर्सिटी खुलते ही काम में जुट जाते थे और शाम को देर तक कॉपी जाँचते रहते थे। जुगाड़ करके वे कई बंडल अपने साथ ले जाते थे, जिन्हें वे रात को लॉज के कमरे में बैठकर जाँचते थे। ध्यान रहे, उनका पैसे कमाने का लक्ष्य एकसूत्रीय और बिलकुल स्पष्ट था, इसलिए वे इसे हासिल करने में कामयाब हुए। लॉरेटा स्टेपल्स की बात शत-प्रतिशत सही

है, 'अगर आप अपनी मनचाही चीज़ के बारे में स्पष्ट होते हैं, तो संसार की प्रतिक्रिया भी स्पष्ट होती है।'

अंग्रेज़ फुटबॉल खिलाड़ी एलन शिअरर ने बताया है, 'जब मैं छोटा था, तो मैं न्यूकासल लिमिटेड के लिए खेलना चाहता था, नौ नंबर की शर्ट पहनना चाहता था और सेंट जेम्स पार्क में गोल स्कोर करना चाहता था। मैंने बड़े होकर अपने सपने को जिया है और मुझे अहसास होता है कि मैं कितना ख़ुशक़िस्मत रहा हूँ।' अगर आप भी ख़ुशक़िस्मत बनना चाहते हैं, तो आपका लक्ष्य भी एलन शिअरर जितना स्पष्ट होना चाहिए।

लक्ष्य तक पहुँचने का चौथा सिद्धांत

लक्ष्य को लिख लें

'सिर्फ़ तीन प्रतिशत वयस्कों के पास लिखित लक्ष्य होते हैं और बाक़ी सभी उनके लिए काम करते हैं।'

–ब्रायन ट्रेसी

अगर आप अलादीन के चिराग़ से फ़ायदा उठाना चाहते हैं, तो आपको चिराग़ को घिसना होगा। इसी तरह अगर आप लक्ष्य साकार करना चाहते हैं, तो आपको उसे लिखना होगा। इसलिए लक्ष्य तक पहुँचने का चौथा सिद्धांत है : लक्ष्य को लिख लें!

ब्रायन ट्रेसी ने भारी ग़रीबी के दौर में एक दिन लिखा कि वे हर महीने 1,000 डॉलर कमाएँगे। वह क़ागज़ तो गुम हो गया, लेकिन उन्हें लक्ष्य याद रहा और 30 दिन के भीतर ही उनका मासिक वेतन 1,000 डॉलर हो गया। लिखित लक्ष्य की शक्ति पहचानने के बाद तो ब्रायन ट्रेसी ने इस तकनीक का इस्तेमाल अलादीन के चिराग़ की तरह किया और वे कहते हैं कि सिर्फ़ इसी की बदौलत वे बेहद सफल लेखक बनने में कामयाब हुए।

2006 में *यूएसए टुडे* ने एक सर्वे के परिणाम बताए कि नववर्ष पर जिन लोगों ने अपने लक्ष्य नहीं लिखे थे, उनमें से सिर्फ़ 4 प्रतिशत ही लक्ष्य हासिल कर पाए, जबकि लक्ष्य लिखने वाले 44 प्रतिशत लोगों ने लक्ष्य हासिल कर लिए। यानी सिर्फ़ लक्ष्य लिखने भर से ही आपकी सफलता की संभावना 11 गुना बढ़ जाती है। जब पुरस्कार इतना बड़ा है और मेहनत इतनी कम है, तो फिर वह काम क्यों नहीं करें, जो अलादीन का चिराग़ घिसने जितना आसान है?

हार्वर्ड बिज़नेस स्कूल में एमबीए के ग्रैजुएट्स पर हुए शोध से पता चला कि सिर्फ़ 3 प्रतिशत ग्रैजुएट्स के पास लिखित लक्ष्य और योजनाएँ थीं। 13 प्रतिशत के पास लक्ष्य तो थे, लेकिन उन्होंने उन्हें लिखा नहीं था। 84 प्रतिशत के पास तो स्पष्ट लक्ष्य ही नहीं थे। बाद में पता चला कि जिन 3 प्रतिशत ग्रैजुएट्स के पास स्पष्ट और लिखित लक्ष्य थे, वे बाक़ी 97 प्रतिशत से औसतन दस गुना ज़्यादा कमा रहे थे।

लिखित लक्ष्य कितने शक्तिशाली हो सकते हैं, इसका उदाहरण देखें। ओलिंपिक में डेकेथलॉन स्वर्ण पदक विजेता ब्रूस जेनर एक बार उदीयमान खिलाड़ियों से भरे हॉल में गए, जो ओलिंपिक में खेलना चाहते थे। जेनर ने उनसे पूछा कि उनमें से कितनों के पास लिखित लक्ष्यों की सूची है - उसी समय। सिर्फ़ एक ही खिलाड़ी ने अपना हाथ उठाया, जिसका नाम डैन ओफ़ब्रायन था। डैन ओफ़ब्रायन ने आगे चलकर 1996 के ओलिंपिक में डेकेथलॉन में स्वर्ण पदक जीता। यह प्रसंग बताता है कि लक्ष्य लिखने से सचमुच फ़र्क़ पड़ता है!

टाइप करने के बजाय नोटबुक या डायरी में लक्ष्य लिखने से बेहतर परिणाम मिलते हैं - हर दिन! हर दिन

लक्ष्य लिखने से क्या होगा? आपको वह लक्ष्य हमेशा याद रहेगा! आप उसके प्रति समर्पित रहेंगे! जिस तरह दाग़-धब्बों या धूल के कारण आपको अपना चश्मा दिन में कई बार साफ़ करना पड़ता है, उसी तरह रोज़मर्रा के भटकावों की वजह से आपको अपने लक्ष्य को भी दिन में कई बार स्पष्ट देखना होता है।

लिखना 'साइको-न्यूरो-मोटर गतिविधि' है। लिखते समय आप सोचने और ध्यान केंद्रित करने के लिए विवश होते हैं, यानी लिखने से आपका चेतन मन पूरी तरह सक्रिय हो जाता है। इसके अलावा, लक्ष्य लिखने से अवचेतन मन पर इसकी छाप भी छूट जाती है, जो लक्ष्य साकार करने में मदद करता है। अरनॉल्ड श्वाज़नेगर महानतम बॉडीबिल्डर, मूवी स्टार और अंतर्राष्ट्रीय फ़िटनेस गुरु बनना चाहते थे! उन्होंने अपने सपने एक नोट कार्ड पर लिख लिए, जिसे वे जेब में लेकर घूमते थे। श्वाज़नेगर हर साल के शुरू में पाँच नए लक्ष्य लिखते थे और उन्हें हासिल करने के लिए दीवानों की तरह जुट जाते थे। चमत्कारिक रूप से अंततः उनके सभी लक्ष्य साकार हो गए!

लिखित लक्ष्य आपके दृष्टिकोण को बदल देता है। जब आप हर दिन लक्ष्य लिखते हैं, तो आपका मस्तिष्क लक्ष्य पर ध्यान केंद्रित करने लगता है। यह उस लक्ष्य के चश्मे से आपके आस-पास के लोगों, परिस्थितियों, चर्चाओं, घटनाओं और अवसरों को देखने व खोजने लगता है। फिर यह आपको उस लक्ष्य तक पहुँचाने के ऐसे-ऐसे शॉर्टकट सुझाता है, जिनकी आप पहले कल्पना भी नहीं कर सकते थे।

मशहूर लेखक टोनी रॉबिन्स ने अपने लक्ष्य मॉस्को से साइबेरिया जाते वक़्त एक पुराने रूसी नक़्शे पर लिखे थे, क्योंकि लिखने के लिए और कुछ था ही नहीं। लक्ष्य लिखने का तरीक़ा यह है कि आप अपने स्वप्न/इच्छा के बजाय कार्य/गतिविधि लिखें। जैसा बताया जा चुका है, आपका लक्ष्य चाहे कितना ही बड़ा हो, त्वरित या तात्कालिक लक्ष्य 24 घंटे का ही होना चाहिए। लक्ष्य में ऐसी सक्रिय गतिविधि शामिल होनी चाहिए, जिसे नापा जा सके।

अस्पष्ट लक्ष्य	स्पष्ट लक्ष्य
आज मैं जमकर बेचूँगा!	आज मैं 10 प्रॉडक्ट बेचूँगा!
आज मैं स्वास्थ्य पर काफ़ी ध्यान दूँगा!	आज मैं 5 कि.मी. पैदल चलूँगा!
मैं अपना वज़न कम करूँगा!	आज मैं 15 मिनट व्यायाम करूँगा!
मैं बेस्टसेलिंग लेखक बनूँगा!	आज मैं 1,000 शब्द लिखूँगा।

हमारे मस्तिष्क के भीतर हिप्पोकैम्पस नामक अंग यह निर्णय लेता है कि किस चीज़ को याद रखना है और किसे भूलना है। जब हम किसी लक्ष्य को लिखते हैं, तो हिप्पोकैम्पस उसे महत्त्वपूर्ण मानकर याद रखता है। ज़ाहिर है, जो लक्ष्य ज़्यादा याद रहते हैं, उनके साकार होने की संभावना भी ज़्यादा होती है।

अगर आप कई लक्ष्यों की सूची बना रहे हैं, तो अपना सबसे महत्त्वपूर्ण लक्ष्य सबसे ऊपर लिखें, क्योंकि

पहले लक्ष्य के साकार होने की संभावना सबसे ज़्यादा होती है। 8 साल की उम्र में माइकल फ़ेल्प्स ने अपने जीवन के लक्ष्य लिखे, जिनमें सबसे ऊपर था, 'मैं ओलिंपिक में खेलना चाहता हूँ।' आगे चलकर उन्होंने तैराकी में 28 ओलिंपिक मेडल जीते, जिनमें 23 स्वर्ण पदक थे।

अपने लक्ष्य के बारे में सोचते वक़्त आप अपने मस्तिष्क के दायें गोलार्ध (कल्पनाशील) का इस्तेमाल करते हैं। लक्ष्य को लिखते और उसकी समीक्षा करते समय आप अपने बाएँ गोलार्ध का इस्तेमाल करते हैं (तर्क-आधारित।) यानी लक्ष्य लिखने पर आप पूरे मस्तिष्क का उपयोग करते हैं, जिससे आपकी सफलता की संभावना बहुत बढ़ जाती है।

लक्ष्य तय करने और लिखने की यह छोटी-सी आदत आपकी ज़िंदगी बदल सकती है! जे. मेयर्स का यह कथन हमेशा याद रखने लायक़ है, 'एक पेंसिल और एक सपना आपको कहीं भी ले जा सकते हैं।

लक्ष्य तक पहुँचने का
पाँचवाँ सिद्धांत

लक्ष्य को हर समय याद रखें!

'अगर आप किसी पेड़ पर हर दिन पाँच प्रहार करते हैं, तो इससे फ़र्क़ नहीं पड़ता कि पेड़ ओक है या रेडवुड; अंततः पेड़ को गिरना ही पड़ेगा।'

—जैक कैनफ़ील्ड

अगर आप अपने लक्ष्य के बारे में पंद्रह दिन में एक बार सोचते हैं, तो क्या इतना काफ़ी है? मुझे तो नहीं लगता! अगर आप लक्ष्य तक पहुँचना चाहते हैं, तो आपको उसके बारे में एक दिन में पंद्रह बार सोचना चाहिए। इसलिए लक्ष्य तक पहुँचने का पाँचवाँ सिद्धांत है : लक्ष्य को हर समय याद रखें!

डिल्बर्ट कॉमिक के सृजनकार स्कॉट एडम्स सामान्य कर्मचारी थे। एक दिन उनके एक मित्र ने उन्हें संकल्प कथन दोहराने की तकनीक बताई। स्कॉट एडम्स ने कार्टूनिस्ट बनने का लक्ष्य बनाया। वे हर दिन 15 बार लिखते थे, 'मैं स्कॉट एडम्स सिंडिकेटेड कार्टूनिस्ट बनूँगा।' जी हाँ, दिन में पंद्रह बार... हर दिन। कई अस्वीकृतियों के बाद अंततः वे

सिंडिकेटेड कार्टूनिस्ट बनने में कामयाब हुए और डिल्बर्ट कार्टून 65 देशों के 2,000 समाचारपत्रों में प्रकाशित हुआ। आप भी अपने लक्ष्य को बार-बार लिखकर सफल हो सकते हैं। अगर स्कॉट एडम्स यह कर सकते हैं, तो आप भी कर सकते हैं... बस इसके लिए आपको लक्ष्य को हर दिन पंद्रह बार लिखना होगा।

देखिए, लक्ष्य को हर समय याद रखने से आपको दो ख़ास फ़ायदे होंगे :

1. आपका ध्यान बाधाओं पर केंद्रित नहीं होगा, और
2. आपका ध्यान अवसरों पर केंद्रित होगा।

आपका ध्यान बाधाओं पर केंद्रित नहीं होगा : आपका चेतन मन एक समय में सिर्फ़ एक ही विचार पर केंद्रित रह सकता है, चाहे यह सकारात्मक हो या नकारात्मक। अगर आप अपने मनचाहे लक्ष्य का सकारात्मक विचार सोचते रहेंगे, तो नकारात्मक विचार दूर रहेंगे। और कई बार इसी से आपकी सफलता या असफलता तय होती है। बाइबल में इसका एक बेहतरीन उदाहरण है। ईसा मसीह पानी पर चल रहे थे और पीटर नाव से उतरकर ईसा की तरफ़ पानी पर चलने लगे। जब तक पीटर की निगाह ईसा पर रही, तब तक सब ठीक रहा, लेकिन जैसे ही उन्होंने नीचे पानी की तरफ़ देखा, वे डूबने लगे। इससे हमें यह शिक्षा मिलती है कि हमें बाधाओं को नहीं, लक्ष्य को देखते रहना चाहिए, वरना पीटर की तरह हम भी असफल हो जाएँगे।

हेनरी फ़ोर्ड ने कहा है, 'बाधाएँ वे डरावनी चीज़ें हैं, जो आपको तब दिखती हैं, जब आप लक्ष्य पर से निगाह हटा लेते हैं।' कहा जाता है कि बिजली का बल्ब बनाते समय थॉमस एडिसन 1,000 बार असफल हुए, लेकिन वे इसके बावजूद जुटे रहे। एडिसन की निगाह मुश्किलों या असफल प्रयासों पर नहीं, बल्कि लक्ष्य पर केंद्रित थी और इसी से सारा फ़र्क़ पड़ा!

आपका ध्यान अवसरों पर केंद्रित होगा : लक्ष्य हमेशा याद रखने का एक फ़ायदा यह है कि आप हमेशा उसे हासिल करने के उपाय सोचते रहते हैं। आप पूरे संसार को अपने लक्ष्य के चश्मे से देखने लगते हैं। आप यह सोचते हैं कि लक्ष्य तक पहुँचने के लिए आप हर दिन, हर घंटे, हर मिनट कौन से क़दम उठा सकते हैं। आप अपनी मनचाही चीज़ों और उन्हें पाने के तरीक़ों पर जितना ज़्यादा ध्यान केंद्रित करेंगे और उनके बारे में जितना ज़्यादा सोचेंगे, आपको उन्हें हासिल करने के उतने ही ज़्यादा अवसर दिखने लगेंगे।

लक्ष्य के बारे में लगातार सोचने से आकर्षण का नियम सक्रिय हो जाता है। फलस्वरूप आप ऐसे लोगों, परिस्थितियों, विचारों और अवसरों को अपनी ओर आकर्षित करते हैं, जो लक्ष्य हासिल करने में आपकी मदद कर सकते हैं। ग़ौर करें, आप अपने चेतन मन में जो भी विचार रखते हैं, आपका अवचेतन मन उन्हें साकार करने में जुट जाता है। यानी आप चेतन मन में लक्ष्य को जितना ज़्यादा याद करेंगे, आपका अवचेतन मन उसे साकार करने में उतनी ही शिद्दत से जुटेगा।

प्रख्यात अभिनेता जिम कैरी जब 1990 में असफलता के समंदर में गोते खा रहे थे, तो उन्होंने अपने नाम 10 मिलियन डॉलर का चेक काटा और उस पर 1995 की तारीख़ डाल दी। इस चेक को वे हर दिन अपनी जेब में रखते थे और बार-बार देखते रहते थे। 1995 में उन्हें *डम्ब ऐंड डम्बर* नामक फ़िल्म मिली, जिसमें उनकी फ़ीस थी 10 मिलियन डॉलर। आप भी ऐसा ही चेक काट सकते हैं, लेकिन शर्त यह है कि जिम कैरी की तरह आपको भी उसे दिन में कई बार देखना होगा!

डायरी या नोटबुक में हर दिन अपना लक्ष्य लिखें, ताकि यह आपकी स्मृति में गहरा बैठ जाए। परिवेश के अवरोध लक्ष्य की स्मृति पर धूल जमा देते हैं और अगर आप इसे हर दिन तरोताज़ा नहीं करें, तो एक समय ऐसा आएगा, जब आपको लक्ष्य दिखना ही बंद हो जाएगा। इसीलिए लक्ष्य को हर दिन याद करना महत्त्वपूर्ण है। मशहूर गायिका बियॉन्से अपनी ट्रेडमिल के पास अकादमी अवार्ड का फ़ोटो रखती हैं, जहाँ वे इसे हर दिन देखकर प्रेरित होती हैं।

रॉकेफ़ेलर का एक ही लक्ष्य था - अमीर बनना। उन्हें लक्ष्य लिखने की ज़रूरत इसलिए नहीं थी, क्योंकि वे चौबीसों घंटे इसी एक लक्ष्य के बारे में सोचते रहते थे। उन्होंने मौज-मस्ती, मनोरंजन या सामाजिक समारोहों में ज़रा भी समय बरबाद नहीं किया। एकनिष्ठा से लक्ष्य याद रखने की वजह से ही वे अरबपति बनने में कामयाब हुए।

आप किसी चीज़ के बारे में जितना ज़्यादा सोचते हैं, पढ़ते-सुनते-लिखते-बोलते हैं, आपके मस्तिष्क में उतने ही ज़्यादा न्यूरॉन कनेक्शन बनते हैं, उतनी ही ज़्यादा विद्युत

व रासायनिक गतिविधि होती है तथा उतने ही ज़्यादा न्यूरल खाँचे बन जाते हैं। यानी लक्ष्य को हमेशा याद रखकर आप एक तरह से अपने मस्तिष्क के 'सफलता के स्विच' को चालू कर देते हैं।

महान वैज्ञानिक न्यूटन ने आधुनिक युग की नींव डाली। बाद के वर्षों में उनसे पूछा गया कि किस तरह उन्होंने – एक व्यक्ति ने – विज्ञान की दुनिया को इतने महत्त्वपूर्ण योगदान देने में सफलता पाई। उनका जवाब था : 'किसी दूसरी चीज़ के बारे में नहीं सोचकर।' न्यूटन हमेशा सिर्फ़ और सिर्फ़ अपने लक्ष्य के बारे में सोचते थे। आप और मैं भले ही न्यूटन नहीं बन सकते हों, लेकिन हम हर दिन अपने लक्ष्य को तो याद रख ही सकते हैं।

लक्ष्य तक पहुँचने का छठा सिद्धांत

लक्ष्य की दिशा में हर दिन कुछ करें

'अगर आप किसी लक्ष्य तक पहुँचना चाहते हैं, तो आपको निशाने पर लगातार गोलाबारी करते रहना चाहिए।'

–स्तेंदाल

तोशीहिको सीको ने बोस्टन मैराथन और टोक्यो मैराथन जीती है। वे कहते हैं, 'मैं सुबह दस किलोमीटर और शाम को बीस किलोमीटर दौड़ता हूँ... मैं यह काम हर दिन करता हूँ, साल में 365 दिन।' इसलिए लक्ष्य तक पहुँचने का छठा सिद्धांत है : लक्ष्य की दिशा में हर दिन कुछ करें।

अगर कोई आपसे कहे कि आप साल में हर दिन दो घंटे तक लिखें और वह बदले में आपको 15 लाख रुपये देगा, तो आप लिखने के लिए समय निकाल ही लेंगे, है ना? आप दूसरे कामों में काट-छाँट करेंगे, अपनी प्राथमिकताएँ नए सिरे से तय करेंगे और जैसे-तैसे करके दो घंटे का समय निकाल ही लेंगे। आपके अंदर 'करो या

मरो' का जज़्बा आ जाएगा। फिर आप लक्ष्य के मामले में ऐसा क्यों नहीं करते? कॉस्मेटिक क्वीन हेलेना रुबिनस्टाइन के कथन से प्रेरणा लें, 'मैंने दिन में 20 घंटे काम किया है, हर दिन, जिसमें रविवार भी शामिल है।'

मशहूर उपन्यासकार हेनरी जेम्स हर दिन लिखते थे। उम्र बढ़ने पर जब उनकी कलाई में बहुत दर्द रहने लगा, तो वे सेक्रेटरी को डिक्टेशन देने लगे। हेनरी जेम्स ने बहाने नहीं बनाए, बल्कि अपना लक्ष्य पूरा करने के उपाय खोजे। आपको भी ऐसा ही करना चाहिए।

एक भी दिन नहीं गुज़रने दें, जब आप लक्ष्य की दिशा में काम नहीं करें। अगर आपका लक्ष्य व्यायाम करना है, तो हर दिन व्यायाम करें, भले ही सिर्फ़ एक सूर्य नमस्कार करें, एक बार पीटी करें या एक बार हाथ ऊपर-नीचे करें। अगर किसी कारण एक दिन चूक जाए, तो लगातार दो दिन नहीं चूकने दें, क्योंकि इससे आदत का सिलसिला टूट जाएगा और आलस का सिलसिला हावी हो जाएगा।

मेरे एक दुकानदार रिश्तेदार थे। वे हर दिन बची हुई चिल्लर अलमारी के एक बक्से में डाल देते थे, जिससे महीने भर में अच्छी ख़ासी रक़म जमा हो जाती थी। सहारा कंपनी का एजेंट भी कुछ इसी तरह का काम करता था। वह हर शाम को आकर छोटे दुकानदारों से दस, बीस, पचास या सौ रुपये लेकर छोटी डायरी में लिख जाता था। दुकानदारों को लगता ही नहीं था कि वे ज़्यादा बचा रहे हैं, लेकिन पाँच साल बाद उनके पास अच्छी-ख़ासी रक़म जमा हो जाती थी। और यह सब इसलिए होता था, क्योंकि वे यह काम हर दिन करते थे।

हर दिन लक्ष्य तक पहुँचने के बेहतर तरीक़े सोचते रहें और हर दिन लक्ष्य तक पहुँचाने वाले काम करते रहें। जब आप लक्ष्य के बारे में हर दिन सोचेंगे और काम करेंगे, तो आपके दिमाग़ में ऐसे-ऐसे विचार आएँगे कि आप ख़ुद हैरान रह जाएँगे। तब आप स्व-प्रेरित बन जाएँगे और आपको किसी दूसरे के प्रोत्साहन या प्रेरणा की ज़रूरत ही नहीं पड़ेगी।

डब्ल्यू. बी. येट्स हर दोपहर 11 बजे से 2 बजे तक लिखते थे, चाहे उनका मन हो या नहीं हो। मशहूर स्कॉटिश लेखक सर वाल्टर स्कॉट भी हर दिन लिखते थे। जब डॉक्टरों ने उनसे कहा कि वे लिखना छोड़ दें, तो उनका जवाब था, 'मुझे लिखने से रोकने की बात तो वैसी ही है, जैसे हमारी कुक मॉली केतली को आग पर रखकर केतली से कहे कि अब उबलना मत!'

एपल कंप्यूटर के सह-संस्थापक स्टीफ़न वोज़्नियाक ह्यूलेट पैकार्ड कंपनी में काम करने के बाद रात को कंप्यूटर संबंधी प्रयोग करते थे। निरमा कंपनी के संस्थापक करसन भाई पटेल भी दिन भर सरकारी नौकरी करने के बाद रात को निरमा बनाते थे और छुट्टी के दिन निरमा बेचते थे। फ़ोर्ड कंपनी के संस्थापक हेनरी फ़ोर्ड भी दिन भर नौकरी करने के बाद रात को कार संबंधी प्रयोग करते थे। कोडक कंपनी के संस्थापक जॉर्ज ईस्टमैन भी दिन भर बैंक में नौकरी करने के बाद रात को फ़ोटोग्राफ़ी के प्रयोग करते थे। यानी, अगर आपमें लक्ष्य तक पहुँचने की प्रबल इच्छा हो, तो आप हर दिन काम करने का समय निकाल ही लेंगे। याद रखें, नौ से पाँच तक की नौकरी आपको अमीर नहीं बनाती है; अमीर तो आप उस काम

से बनते हैं, जो आप पाँच बजे शाम से आधी रात तक करते हैं।

अगर आप ए ग्रेड लाना चाहते हैं, तो हर पल पढ़ाई के बारे में सोचें, मौक़ा मिलते ही पढ़ने बैठ जाएँ और ऐसा हर दिन करें। सूत्र सरल है : छोटे-छोटे प्रयास अगर हर दिन करेंगे, तो अंततः बड़े परिणाम मिलना तय है।

एक यात्री ने सुकरात से पूछा, माउंट ओलिंपिस कैसे पहुँचें। उन्होंने जवाब दिया, 'अगर आप सचमुच माउंट ओलिंपिस पहुँचना चाहते हैं, तो बस यह सुनिश्चित कर लें कि आपका हर क़दम उसी की दिशा में हो।' लक्ष्य तक पहुँचने का तरीक़ा भी यही है कि आपका हर विचार और काम आपके लक्ष्य की दिशा में ही हो।

जॉन सी. मैक्सवेल ने कहा है, 'आप अपने जीवन को कभी नहीं बदल पाएँगे, जब तक कि आप उस चीज़ को नहीं बदलते हैं, जिसे आप हर दिन करते हैं। आपकी सफलता का रहस्य आपकी दिनचर्या में मिलता है।' जब आप अपने लक्ष्य की दिशा में हर दिन क़दम उठाते हैं, तो आप लय में आ जाते हैं। निरंतर आगे बढ़ने की लय और गति से आपको प्रेरणा, प्रोत्साहन तथा ऊर्जा मिलती है।

एक बार किसी ने पोलैंड के महान पियानोवादक पैड्रेवस्की से पूछा, 'क्या यह सच है कि आप अब भी हर दिन रियाज़ करते हैं?' उन्होंने कहा, 'हाँ, दिन में कम से कम आठ घंटे।' प्रशंसक बोला, 'आपके पास बहुत धैर्य होगा।' पैड्रेवस्की बोले, 'मेरे पास भी उतना ही धैर्य है, जितना दूसरों के पास होता है। मैं तो बस इसका इस्तेमाल करता हूँ।' पैड्रेवस्की की तरह आपको भी अपने लक्ष्य पर दिन में आठ घंटे काम करना चाहिए।

लुई लमर की पुस्तकों की 23 करोड़ प्रतियाँ प्रकाशित हो चुकी हैं और हमें उनकी सलाह याद रखनी चाहिए, 'लिखना शुरू कर दो, चाहे कुछ भी लिखो। जब तक आप नल चालू नहीं करेंगे, तब तक पानी नहीं बहेगा।'

लक्ष्य तक पहुँचने का सातवाँ सिद्धांत

न्यूटन के पहले नियम का लाभ लें

'जब आप एक शतक मार लेते हैं, तो आप जानते हैं कि आप दूसरा भी मार सकते हैं, क्योंकि तब शंका नहीं रहती है - पहला शतक ही है, जो मुश्किल होता है।'

–सचिन तेंदुलकर

किसी भी काम की शुरुआत मुश्किल होती है। क्यों? न्यूटन की गति के पहले नियम के कारण। इस नियम के अनुसार जो चीज़ निष्क्रिय या सक्रिय जिस भी अवस्था में है, उसी अवस्था में रहेगी, जब तक कि उस पर बाह्य बल का इस्तेमाल नहीं किया जाए। यानी अगर आप इस समय बचत नहीं कर रहे हैं, तो आगे भी नहीं करेंगे, जब तक कि आप बाहरी बल यानी इच्छाशक्ति, संकल्प या अनुशासन का इस्तेमाल नहीं करें। इसका मतलब यह भी है कि अगर आप इस समय बचत कर रहे हैं, तो आप तब तक बचत करते रहेंगे, जब तक कि कोई बाहरी बल इसे रोक नहीं दे।

इसलिए लक्ष्य तक पहुँचने का सातवाँ सिद्धांत है : न्यूटन के पहले नियम का लाभ लें।

हम सभी अच्छे कामों को 'कल से करने' और बुरी चीज़ों को 'कल से छोड़ने' का संकल्प लेते हैं, लेकिन कभी सोचा है कि वह कल कभी क्यों नहीं आता? क्योंकि चौबीस घंटों के भीतर न्यूटन की गति का पहला नियम सक्रिय हो जाता है और आपको पहले जैसा ही बनाए रखता है। आपका लक्ष्य जो भी हो, सबसे पहले तो आपको निष्क्रिय अवस्था से बाहर निकालकर गतिशील अवस्था में पहुँचना होगा, ताकि न्यूटन की गति का पहला नियम आपके विरोध में नहीं, बल्कि आपके पक्ष में काम करे।

अगर कोई काम हमें मुश्किल या जटिल या मेहनत भरा लगेगा, तो हम उसे शुरू ही नहीं करेंगे। इसीलिए हर मनुष्य शॉर्टकट की तलाश करता है। सबसे सफल प्रॉडक्ट्स के विज्ञापन में शॉर्टकट का दावा और वादा होता है (मर्दाना ताक़त के लिए यह शक्तिवर्धक गोली खा लो, गोरा बनने के लिए यह ब्यूटी क्रीम लगा लो आदि।) इसीलिए इस पुस्तक में हमने 24 घंटे के आसान लक्ष्य बनाने पर ज़ोर दिया है, ताकि न्यूटन का पहला नियम या मरफ़ी का नियम हमारे लक्ष्य तक पहुँचने में बाधा नहीं डाल पाए।

हालाँकि योजना बनाना महत्त्वपूर्ण है, लेकिन इसमें ज़्यादा समय नहीं लगाएँ; बस पहला क़दम उठा लें, वरना प्रेरणा ही ख़त्म हो जाएगी। कार की तरह ही इंसानों में भी स्टार्टिंग प्रॉब्लम होती है। एक बार कार चालू हो जाए, तो यह काफ़ी दूर तक जा सकती है। इसी तरह एक बार हमारी स्वास्थ्य या बचत की यात्रा शुरू हो जाए, तो यह भी काफ़ी दूर तक जा सकती है। जैसा टोनी रॉबिन्स ने कहा है,

'लोग आलसी नहीं होते। उनके पास तो बस कमज़ोर लक्ष्य होते हैं – यानी ऐसे लक्ष्य, जो उन्हें प्रेरित नहीं कर पाते।' मूल समस्या प्रेरणा की है; मूल समस्या यात्रा शुरू करने की है।

जॉर्ज सिमेनॉन ने अपने करियर में 425 पुस्तकें लिखी हैं, लेकिन उन्हें हर नई पुस्तक की शुरुआत में तनाव हो जाता था, जिसे वे गोलियाँ खाकर दूर करते थे। अमेरिकी उपन्यासकार जॉइस कैरोल ओट्स के अनुसार किसी नए उपन्यास के पहले कुछ सप्ताह ख़ास तौर पर मुश्किल होते हैं, लेकिन पहला ड्राफ़्ट पूरा होने के बाद काम आसान हो जाता है। ओट्स कहती हैं, 'किसी पुस्तक का पहला ड्राफ़्ट पूरा करना मूँगफली के दाने को अपनी नाक से बहुत गंदे फ़र्श पर धकाने जैसा होता है।'

हर दिन न्यूनतम 500 शब्दों का लक्ष्य रखने वाले किंग्सली एमिस लिखना उस जगह छोड़ते थे, जहाँ उन्हें पता होता था कि इसके बाद क्या आएगा, ताकि उनके लिए अगले दिन शुरू करना आसान हो जाए। अमेरिकी उपन्यासकार और नोबेल पुरस्कार विजेता अर्नेस्ट हेमिंग्वे तो जान-बूझकर वाक्य अधूरा छोड़ देते थे, ताकि अगले दिन लिखने में आसानी रहे। अमेरिकी उपन्यासकार हेनरी जेम्स एक पुस्तक पूरी होने पर तुरंत नई पुस्तक शुरू कर देते थे, ताकि लय नहीं टूटे।

तो आपने देखा! इन दिग्गज लेखकों को भी न्यूटन के पहले नियम के कारण परेशानी हुई थी, लेकिन उन्होंने इससे उबरने के तरीक़े खोजे। आपको भी ऐसा ही करना चाहिए!

डैरेन हार्डी ने *कम्पाउंड इफ़ेक्ट* पुस्तक में इस बारे में बड़ा अच्छा उदाहरण दिया है। जब ट्रेन का इंजन स्थिर होता

है, तो इसे बहुत छोटी चीज़ भी आगे बढ़ने से रोक सकती है – सामने वाले पहिए के नीचे लकड़ी का एक इंच का टुकड़ा रखने से भी यह रुकी रहेगी। लेकिन 55 मील प्रति घंटे की रफ़्तार पर यह ट्रेन पाँच फुट स्टील के सहारे वाली कंक्रीट की दीवार को तोड़कर चलती रह सकती है। यानी जब आप निष्क्रिय अवस्था में होते हैं, तब आपको छोटी से छोटी बाधा भी रोक सकती है। लेकिन जब आप लक्ष्य की दिशा में प्रगति करने लगते हैं, तो आपको मुश्किल से मुश्किल बाधा भी नहीं रोक पाएगी।

आदत न्यूटन की गति के पहले नियम का बहुत अच्छा उदाहरण है। जो काम आप हर दिन करते हैं, आपको उसकी आदत पड़ जाती है। इसका एक उदाहरण देखें। 95 वर्ष का एक बुजुर्ग कोरोना महामारी के लॉकडाउन से पहले रोज़ 5 किलोमीटर घूमता था। लॉकडाउन के दौरान उसकी यह आदत छूट गई। तीन महीने बाद जब लॉकडाउन खुला, तब थोड़ा-सा चलने पर ही उसके घुटनों में दर्द होने लगता था और वह 200 मीटर भी मुश्किल से चल पाता था। अगर लॉकडाउन नहीं होता, तो न्यूटन के पहले नियम के अनुसार वह उसी तरह 5 किलोमीटर चलता रहता, लेकिन बाहरी बाधा पड़ने के कारण यह आदत छूट गई।

एक काल्पनिक रोचक प्रसंग से आपको आदत की शक्ति का पता चल जाएगा। एक चरवाहा एक गाय को कंधे पर उठाकर घूम रहा था। जब किसी ने पूछा कि वह इतनी भारी गाय कैसे उठाए है, तो उसने जवाब दिया, इसके पैदा होते समय से ही मैं इससे बहुत प्रेम करने लगा था और तभी से मैं इसे गोद में उठाकर गाय चराने निकलता हूँ। यह बड़ी होती गई, लेकिन मुझे इसे रोज़ उठाने की आदत थी,

इसलिए मुझे इसका वज़न कभी महसूस ही नहीं हुआ। यानी अगर आप सक्रियता से अच्छी आदतें डाल लेंगे, तो उन आदतों की बदौलत आप भारी से भारी लक्ष्य भी आसानी से हासिल कर सकते हैं।

लक्ष्य तक पहुँचने का आठवाँ सिद्धांत

टिपिंग पॉइंट तक तेज़ी से काम करें

'अगर आप कुछ करना चाहते हैं और आपके पास एक लक्ष्य है, तो इंतज़ार नहीं करें, क्योंकि आपका चैनल कभी भी जल्दी ही बदल सकता है – वह भी बिलकुल अप्रत्याशित रूप से।'

– सीन स्वार्नर

टिपिंग पॉइंट का नियम यह है कि जब आप अपने लक्ष्य की दिशा में 51 प्रतिशत दूरी पार कर लेते हैं, तो आप इसकी गुरुत्वाकर्षण शक्ति को सक्रिय कर देते हैं और अपनी सफलता की संभावना को बढ़ा लेते हैं। जिस तरह गिरते हुए पत्थर को पृथ्वी की गुरुत्वाकर्षण शक्ति खींचती है, उसी तरह लक्ष्य में भी गुरुत्वाकर्षण शक्ति होती है, जो मनुष्य को अपनी ओर खींचती है। आधी दूरी पार करने के बाद लक्ष्य आपको दूर नहीं, बल्कि क़रीब लगने लगता है। इसलिए टिपिंग पॉइंट तक तेज़ी से पहुँचने का लक्ष्य बनाएँ, क्योंकि इस बिंदु पर तराज़ू का काँटा आपके पक्ष में झुक

जाता है और लक्ष्य अपनी गुरुत्वाकर्षण शक्ति से आपको अपनी ओर खींचने लगता है। टिपिंग पॉइंट के बाद तो यात्रा आसान हो जाती है, क्योंकि आपको शार्क की तरह सफलता की गंध आने लगती है और आप लक्ष्य हासिल करने के लिए लालायित हो जाते हैं। इसीलिए लक्ष्य तक पहुँचने का आठवाँ सिद्धांत है : टिपिंग पॉइंट तक तेज़ी से काम करें।

टिपिंग पॉइंट के महत्त्व को समझने के लिए आप इस पैटर्न को समझ लें। जब भी आप कोई नया लक्ष्य बनाएँगे, तो आपका मस्तिष्क प्रतिरोध करेगा, क्योंकि यह हर नई, अनजान या अपरिचित चीज़ का विरोध करता है।

सिलसिला कुछ इस तरह होता है :

- आप परिवर्तन करने का निर्णय लेते हैं।
- इच्छाशक्ति के दम पर आप कुछ दिन कोशिश भी करते हैं।
- लेकिन फिर आपके मन में असुरक्षा, शंका तथा डर के भाव आ जाते हैं, जिस वजह से आप कोशिश करना छोड़ देते हैं।

टिपिंग पॉइंट तक पहुँचना इसलिए भी महत्त्वपूर्ण है, क्योंकि शुरुआत में आपके मन में काम को छोड़ने का प्रलोभन ज़्यादा आता है। टिपिंग पॉइंट तक इच्छाशक्ति और अनुशासन की ज़्यादा ज़रूरत पड़ती है, क्योंकि तब वर्तमान आदतों का गुरुत्वाकर्षण और न्यूटन की गति का पहला नियम दोनों ही आपको रोकने की कोशिश करते हैं। टिपिंग पॉइंट के बाद लक्ष्य का गुरुत्वाकर्षण और न्यूटन का पहला

नियम दोनों ही आपकी मदद करने लगते हैं, इसलिए तब आप ज़्यादा तेज़ प्रगति कर सकते हैं।

लोकप्रिय लेखिका फ्रांसेस ट्रॉलप ने 53 वर्ष की उम्र में लिखना शुरू किया, क्योंकि उनके पति बीमार थे और उन्हें छह बच्चों का पेट पालना था। वे हर दिन सुबह 4 बजे अपनी डेस्क पर बैठ जाती थीं और नाश्ते के समय तक लिखती रहती थीं। दिन में मौक़ा मिलने पर भी वे लिखती थीं, लेकिन वे सुबह ही टिपिंग पॉइंट तक पहुँच जाती थीं।

मशहूर ब्रिटिश उपन्यासकार चार्ल्स डिकेन्स लगभग 2,000 शब्द प्रति दिन लिखते थे और वे सुबह 9 बजे से दोपहर 2 बजे तक लिखते थे। यानी वे भी दोपहर तक टिपिंग पॉइंट तक पहुँच जाते थे और कई बार तो लक्ष्य पूरा भी कर लेते थे।

विज्ञान में कूलॉम्ब का नियम है कि दूरी ज़्यादा होने पर शक्ति कम होती है और दूरी कम रहने पर शक्ति बढ़ जाती है। यही लक्ष्य के बारे में सही है। जब आप लक्ष्य से दूर होते हैं, तो आपकी शक्ति या ऊर्जा कम होती है। लेकिन जैसे-जैसे आप लक्ष्य के क़रीब पहुँचते जाते हैं, आपकी शक्ति या ऊर्जा बढ़ती जाती है।

एच. डब्ल्यू. चार्ल्स ने वित्तीय क्षेत्र में टिपिंग पॉइंट का महत्त्व इस तरह बताया है, 'कुंजी यह है कि थोड़े समय के लिए (1-5 साल) बहुत कड़ी मेहनत करें, ढेर सारी दौलत कमाएँ और फिर समझदारी भरे निवेश करके उस पैसे से अपने लिए कड़ी मेहनत कराएँ, ताकि आपको ज़िंदगी भर निष्क्रिय आमदनी मिलती रहे।' यानी टिपिंग पॉइंट तक पहुँचने के लिए कड़ी मेहनत करें और फिर आराम करें।

मैं भी अपने लेखन में टिपिंग पॉइंट के नियम का इस्तेमाल करता हूँ। जब भी मैं कोई नई पुस्तक शुरू करता हूँ, तो मेरी कोशिश होती है कि मैं शुरुआती उत्साह का पूरा लाभ लूँ और आधा काम पहले झटके में ही कर लूँ; मैं जानता हूँ कि कुछ समय बाद मेरा उत्साह ठंडा पड़ जाएगा और काम तेज़ी से नहीं हो पाएगा।

अगर काम अच्छे से शुरू हो जाता है, तो सफलता की संभावना बढ़ जाती है, क्योंकि आप निष्क्रियता की अवस्था से बाहर निकल आते हैं और गतिशील हो जाते हैं। जब शुरुआत में आपकी गति काफ़ी तेज़ होती है, तो इसके बाद थोड़े धीमे होने से फ़र्क़ नहीं पड़ेगा। दूसरी तरफ़, अगर शुरुआत में आपकी गति धीमी है, तो अवरोध आने पर आप दोबारा निष्क्रिय हो सकते हैं।

एक उदाहरण देखें। मान लें कि आप मैराथन दौड़ रहे हैं और मैराथन का विश्व कीर्तिमान 2 घंटे का है। अगर आप पहले घंटे में ही बीस मील दौड़ लें, तो आपको कैसा महसूस होगा? तब क्या आपको यह नहीं लगेगा कि जब आप पहले घंटे में 20 मील दौड़ चुके हैं, तो बाक़ी का 6 मील का सफ़र आपके बाएँ हाथ का खेल है? यही टिपिंग पॉइंट का जादू है!

जब सिकंदर महान से पूछा गया कि उन्होंने संसार को कैसे जीता, तो उन्होंने कहा, “देर नहीं करके।” इसी तरह आपके मन में भी जब कोई लक्ष्य आए, तो क़तई देर नहीं करें, बल्कि तुरंत सक्रिय हो जाएँ। जब आप तेज़ी से काम करके लक्ष्य की 51 प्रतिशत दूरी तक पहुँच जाते हैं, तो आपको बाक़ी का काम आसान लगने लगता है। अपनी सारी ऊर्जा शुरुआत में ही झोंक दें, क्योंकि अच्छी शुरुआत से आपकी आधी सफलता सुनिश्चित हो जाती है।

अगर आप क्रिकेट के शौकीन हैं, तो आपको यह उदाहरण पसंद आएगा। मान लें कि आपकी टीम को जीतने के लिए 20 ओवर में 200 रन बनाने हैं। अगर शुरुआती 6 ओवर के पॉवरप्ले में आप तूफ़ानी गति से खेलकर 100 रन बना लें, तो बाद के 14 ओवरों में रन गति थोड़ी धीमी होने से कोई ख़ास फ़र्क़ नहीं पड़ेगा। टिपिंग पॉइंट एक तरह का शॉर्टकट है, क्योंकि यह मील का वह पत्थर है, जिसके बाद आपके लक्ष्य तक पहुँचने की संभावना लगभग सुनिश्चित हो जाती है।

लक्ष्य तक पहुँचने का नवाँ सिद्धांत

डेडलाइन तय करें

'लक्ष्य वे सपने हैं, जिनके साथ डेडलाइन जुड़ी है।'

–डायना स्कार्फ़हंट

ज़्यादातर बच्चे गंभीरता से पढ़ना तभी शुरू करते हैं, जब परीक्षा का टाइमटेबल आ जाता है। ज़्यादातर आयकरदाता अपना इनकम टैक्स रिटर्न आख़िरी तारीख़ को ही भरते हैं। सेल्समैन डेडलाइन क़रीब आने पर ही विशेष सक्रिय होते हैं। यानी अंतिम पल पर काम करना सहज मानवीय प्रवृत्ति है, इसीलिए किसी लक्ष्य को हासिल करने की डेडलाइन (निश्चित तारीख़) तय करने से आपकी सफलता की संभावना बहुत ज़्यादा बढ़ जाती है। इसलिए लक्ष्य तक पहुँचने का नवाँ सिद्धांत है : डेडलाइन तय करें।

कार्ल बेंज़ ने सन् 1878 में टू-स्ट्रोक इंजन बनाने की डेडलाइन तय की। दिसंबर आने पर कार्ल बेंज़ दिन-रात प्रयोगों में जुट गए। खाना-पीना, नींद, सामाजिक मेल-मिलाप सब कुछ छोड़कर वे प्रयोगशाला में बंद हो गए और आख़िरकार 31 दिसंबर 1878 को उन्होंने विश्वसनीय टू-

स्ट्रोक इंजन बना ही लिया। कार्ल बेंज़ के उदाहरण से प्रेरणा लेते हुए आप भी इस साल के लिए कोई डेडलाइन बना लें!

विक्टर ह्यूगो के उपन्यास की डेडलाइन पाँच महीने दूर थी, इसलिए उन्होंने अपने कमरे से सारे कपड़े हटा दिए, ताकि बाहर जाने का प्रलोभन नहीं रहे और ध्यान भटकने की कोई गुंजाइश ही नहीं बचे। वे कमरे के अंदर बंद होकर लगातार लिखने लगे। नतीजा यह हुआ कि उन्होंने चार महीनों में ही उपन्यास पूरा कर लिया। जब कोई इंसान लक्ष्य हासिल करने के लिए इतना ज़्यादा समर्पित हो जाए, तो वह सफल कैसे नहीं होगा?

डेडलाइन होने पर आपका मस्तिष्क लक्ष्य को गंभीरता से लेता है, आपको काम करने के लिए प्रेरित करता है, टालमटोल तथा भटकने से बचाता है और समयसीमा में काम पूरा करने के उपाय सोचता है। मशहूर निवेशक जॉर्ज सोरोस जब अमेरिका गए, तो उन्होंने योजना बनाई कि वे शेयर बाज़ार से पैसे कमाएँगे और दार्शनिक के रूप में पुस्तकें लिखेंगे। उनका लक्ष्य पाँच साल में पाँच लाख डॉलर कमाना था। यानी उन्होंने ख़ुद को एक डेडलाइन दी। आपको भी इसी तरह डेडलाइन बनाकर काम करना चाहिए।

मान लें, आपको एक साल में 3,600 प्रॉडक्ट बेचना है, तो आप इस लक्ष्य को तोड़कर एक दिन का लक्ष्य निकाल लें - हर दिन 10 प्रॉडक्ट। आपका लक्ष्य यह होना चाहिए, 'मैं अगले 24 घंटों में 10 प्रॉडक्ट बेचूँगा!' डेडलाइन में ज़बर्दस्त ऊर्जा होती है! मार्च के महीने में सेल्समैन जितनी कमाल की फुर्ती दिखाते हैं, अगर पूरे साल उतने ही जोश और शिद्दत से काम करें, तो वे बहुत से

रिकॉर्ड तोड़ सकते हैं। और वे ऐसा तभी कर सकते हैं, जब वे लक्ष्यों की दैनिक डेडलाइन तय करें!

पत्रकार आर्थर विन *न्यू यॉर्क वर्ल्ड* अख़बार की रविवारीय पत्रिका *फ़न* में काम करते थे। उनके संपादकों ने दिसंबर 1913 में उन्हें एक नया गेम फ़ीचर शुरू करने की डेडलाइन दी। विन ने कुछ ही घंटों में विश्व की पहली क्रॉसवर्ड पज़ल बना दी, जिसे उन्होंने 'मेंटल एक्सरसाइज़' नाम दिया। अगर डेडलाइन का दबाव नहीं होता, तो शायद आज हम क्रॉसवर्ड पज़ल का आनंद नहीं ले पाते।

निश्चित तारीख़ लिखना महत्त्वपूर्ण होता है, क्योंकि तभी आपका मस्तिष्क उस लक्ष्य को महत्त्वपूर्ण मानता है। जैसा कि इस पुस्तक में बताया जा चुका है, आपका मस्तिष्क दूरगामी के बजाय त्वरित लक्ष्यों को ज़्यादा महत्त्वपूर्ण मानता है, इसलिए जब आप इसे कोई निश्चित तारीख़ देते हैं, तो आप अपनी सफलता की संभावना को बढ़ा लेते हैं! बस एक बात का ध्यान रखें। डेडलाइन तय करते समय आपको हॉफ़स्टैटर का नियम याद रखना चाहिए : आपको अपने लक्ष्य तक पहुँचने में उम्मीद से ज़्यादा समय लगता है, हॉफ़स्टैटर के नियम को याद रखने के बाद भी।

टॉम मोनाहन ने '30 मिनट की गारंटीड पिज़्ज़ा डिलिवरी' शुरू की। उन्होंने गारंटी दी कि पिज़्ज़ा 30 मिनट में ग्राहकों तक पहुँच जाएगा, वरना यह मुफ़्त मिलेगा। इस गारंटी/डेडलाइन की वजह से उनकी बिक्री आसमान छूने लगी।

डेडलाइन वाले टारगेट में जादू होता है, इसलिए आपको यथासंभव ऐसे ही टारगेट तय करना चाहिए, क्योंकि

ये वज़न कम करने, बचत या निवेश करने, क़र्ज़ उतारने, बिक्री करने, अच्छे ग्रेड लाने जैसे लक्ष्यों में बहुत मदद करते हैं। वैसे इस संदर्भ में धीरूभाई अंबानी का कथन याद रखें, 'डेडलाइन पूरी करना पर्याप्त नहीं है; मैं तो डेडलाइन को हराना चाहता हूँ।'

कुछ लोग डेडलाइन पास आने पर ही काम करते हैं। मशहूर आर्किटेक्ट फ्रैंक लॉयड राइट तब तक स्केच नहीं बनाते थे, जब तक कि उनके दिमाग़ में इमारत का पूरा नक़्शा नहीं बन जाए। उन्होंने जब अपना सबसे मशहूर घर फ़ॉलिंग-वॉटर बनाया, तो उन्होंने ड्रॉइंग बनाने का काम उस वक़्त शुरू किया, जब ग्राहक ने कहा कि वह कार में बैठ रहा है और दो घंटे में डिज़ाइन देखने आ रहा है। ज़ाहिर है, इस डेडलाइन ने राइट को ड्रॉइंग बनाने के लिए प्रेरित कर दिया! जैसा नोलेन बुशनेल ने कहा है, 'डेडलाइन चरम प्रेरणा है।'

कर्म की प्रेरणा संभवत: सफलता का सबसे महत्त्वपूर्ण घटक है। जैक लेसी कहते हैं, 'अगर आप किसी को प्रेरित करना चाहते हैं, तो हॉट बटन दबाएँ!' मानव स्वभाव के हिसाब से डेडलाइन सबसे बड़ा हॉट बटन है। आपने इस तरह के विज्ञापनों पर ग़ौर किया होगा, यह छूट आज रात तक ही मिलेगी या पहले 50 लोगों को ही मिलेगी या सिर्फ़ दो घंटे तक ही मिलेगी। यह और कुछ नहीं, डेडलाइन बनाकर आपको कोई विशेष काम करने के लिए प्रेरित करने की तकनीक है। जैसा रीटा मे ब्राउन ने कहा है, 'डेडलाइन नकारात्मक प्रेरणा है। फिर भी, यह किसी प्रेरणा के नहीं होने से तो बेहतर है।'

नेपोलियन हिल के प्रकाशक ने उनसे कहा कि वे 24 घंटे में अपनी पुस्तक के लिए कोई अच्छा शीर्षक खोजें। उसने डेडलाइन दी कि अगर उन्होंने 24 घंटे में कोई अच्छा शीर्षक नहीं बताया, तो प्रकाशक इस शीर्षक से पुस्तक प्रकाशित कर देगा : *यूज़ युअर नूडल टु गेट द बूडल।* हिल के हाथ-पाँव फूल गए, क्योंकि ऐसे बचकाने शीर्षक से पुस्तक की बिक्री पर विपरीत प्रभाव पड़ता। उनके प्रकाशक ने कहा, '24 घंटे!' (पहला सिद्धांत याद करें!) डेडलाइन का जादू चल गया और हिल को रात को सपने में *थिंक ऐंड ग्रो रिच* शीर्षक दिखाई दिया। बाद में यह पुस्तक बहुत लोकप्रिय हुई और इसकी करोड़ों प्रतियाँ बिकीं। यही है डेडलाइन का जादू!

लक्ष्य तक पहुँचने का दसवाँ सिद्धांत

मरफ़ी के नियम के लिए तैयार रहें

'आपकी राह में पहले से काफ़ी मुश्किल बाधाएँ हैं। ख़ुद को उनमें से एक नहीं बनने दें।'

–रैल्फ़ मार्स्टन

मरफ़ी का मशहूर नियम है, 'जो भी चीज़ ग़लत हो सकती है, वह ग़लत हो जाएगी।'

ऋषि–मुनि जब तपस्या करते थे, तो कोई अप्सरा या राक्षस उनके तप में बाधा डालने आ जाता था। इसी तरह जब आप लक्ष्य बनाते हैं, तो कोई न कोई बाधा सामने आकर खड़ी हो जाती है। बाधाओं यानी मरफ़ी के नियम को सफलता का टोल टैक्स मानें और इसे चुकाने के लिए तैयार रहें। इसीलिए लक्ष्य तक पहुँचने का दसवाँ सिद्धांत है : मरफ़ी के नियम के लिए तैयार रहें।

जिस तरह बाधा दौड़ में एक बाधा पार करते ही दूसरी सामने आ जाती है, कुछ वैसा ही लक्ष्य बनाने के बाद होता

है। मान लें, आप स्वास्थ्य संबंधी लक्ष्य बनाते हैं। इसके तुरंत बाद आप देखेंगे कि अचानक ऑफ़िस में कामकाज का बोझ बढ़ जाता है या अचानक दूसरे काम आ जाते हैं या आपको कोई यात्रा करनी पड़ती है, जिस वजह से आप स्वास्थ्य संबंधी योजनाओं पर अमल नहीं कर पाते। कुछ समय बाद आप अपने लक्ष्य को भूल जाते हैं और पुराने ढर्रे पर चलने लगते हैं।

प्राय: बाधाएँ शुरुआत में ज़्यादा आती हैं और उसी वक़्त ये ज़्यादा घातक होती हैं, लेकिन कई बार बाधाएँ बिलकुल अंत में आकर आपको गिरा देती हैं, जैसा ओरिसन स्वेट मार्डन के साथ हुआ। मार्डन ने 5,500 पेज की पुस्तक लिखी, लेकिन उनकी पांडुलिपि आग में जल गई। उन्होंने विचलित हुए बिना पूरी पुस्तक दोबारा लिखी। इस पुस्तक का नाम था *पुशिंग टु द फ़्रंट*, जिसने हेनरी फ़ोर्ड, थॉमस एडिसन, हार्वे फ़ायरस्टोन और जे.पी. मॉर्गन जैसे दिग्गजों को सफलता के शिखर पर पहुँचने के लिए प्रेरित किया।

अगर आपने बचपन में साँप-सीढ़ी का खेल खेला हो, तो आप जानते होंगे कि जब आप सीढ़ियाँ चढ़कर जीतना चाहते हैं, तो बीच-बीच में साँप आपको नीचे गिरा देते हैं। यानी आप जब भी अपने लक्ष्य की दिशा में ऊपर उठेंगे, तो बाधाएँ आपको नीचे गिराने की कोशिश करेंगी। जब हॉवर्ड शुल्ज़ स्टारबक्स के लिए पैसे इकट्ठे कर रहे थे, तो उन्हें 217 लोगों ने इंकार किया। अगर वे 200 अस्वीकृतियों के बाद प्रयास छोड़ देते, तो आज स्टारबक्स नहीं होता। इसी तरह जे.के. रोलिंग की हैरी पॉटर की पहली पुस्तक को एक दर्जन से ज़्यादा प्रकाशकों ने अस्वीकार किया। लंदन के एक छोटे प्रकाशक ब्लूम्सबरी ने आख़िरकार इसे सिर्फ़ इसलिए

प्रकाशित किया, क्योंकि सीईओ की आठ साल की लड़की ने इसे पढ़ा और यह उसे इतनी पसंद आई कि उसने अपने पिता से इसे छापने का आग्रह किया।

रॉबर्ट स्ट्रॉस ने कहा था, 'सफलता गोरिल्ले से कुश्ती लड़ने जैसी होती है। आप तब नहीं छोड़ते हैं, जब आप थक जाते हैं – आप तो तब छोड़ते हैं, जब गोरिल्ला थक जाता है।' जब भी आप लक्ष्य का पीछा करेंगे, मरफ़ी का नियम आपको हमेशा रोकने की कोशिश करेगा। आपकी प्रगति उम्मीद से कम होगी, आपका उत्साह कम हो जाएगा, आपकी प्रेरणा ख़त्म हो जाएगी और आप निराश हो जाएँगे। ज़्यादातर लोग यहीं पर लक्ष्य को भूल जाते हैं और कोशिश छोड़ देते हैं।

एमवे के सह–संस्थापक और मशहूर अरबपति रिच डेवॉस ने बिक्री व्यवसाय की शुरुआत में एक मीटिंग आयोजित की। उन्हें दो सौ लोगों के आने की उम्मीद थी, लेकिन सिर्फ़ दो ही लोग आए! इस निराशाजनक घटना के बाद वे यह व्यवसाय छोड़ना चाहते थे, लेकिन वे जुटे रहे और अंतत: इसी व्यवसाय ने उन्हें अरबपति बना दिया। रिच डेवॉस की सलाह अमल करने लायक़ है, 'उतार–चढ़ाव से नहीं घबराएँ और लक्ष्य की ओर लगातार आगे बढ़ते रहें। अगर परिस्थितियाँ आपके ख़िलाफ़ हों या आपकी राह में बाधाएँ हों, तो पल भर के लिए भी विचलित नहीं हों। जुटे रहें। यही कुंजी है। अपनी आँखें दृढ़ता से अपने लक्ष्य पर जमाए रखें।'

हर चैंपियन को बाधाओं से उबरने का तरीक़ा खोजना पड़ता है, तभी वह चैंपियन बनता है। वह जानता है कि बाधाएँ आएँगी, लेकिन अगर वह लक्ष्य की दिशा में कोशिश करता रहेगा, तो अंतत: बाधाएँ हट जाएँगी।

हंगरी के सैनिक कैरोली टैकेक्स संसार के शीर्ष पिस्टल शूटर थे, जिनका लक्ष्य 1940 के ओलिंपिक में स्वर्ण पदक जीतना था। दुर्भाग्य से 1938 में हथगोला फटने की वजह से उनका दायाँ हाथ काटना पड़ा, जिससे वे पिस्टल चलाते थे। विश्वयुद्ध के कारण 1940 और 1944 के ओलिंपिक रद्द हो गए। 1948 के ओलिंपिक में कैरोली ने बाएँ हाथ से पिस्टल चलाकर स्वर्ण पदक जीता और 1952 में भी अपने प्रदर्शन को दोहराया। इससे हम यह सबक़ सीख सकते हैं कि अगर आपकी राह में बाधा आए, तो दूसरा तरीक़ा खोजें, नए सिरे से योजना बनाएँ, लेकिन लक्ष्य को कभी ना भूलें और प्रयास कभी नहीं छोड़ें। निकोलो मैकियावली का यह कथन कभी नहीं भूलें, 'जहाँ इच्छा प्रबल होती है, वहाँ कठिनाइयाँ प्रबल नहीं हो सकतीं।'

लक्ष्य जितना बड़ा होगा, बाधाएँ भी उतनी ही बड़ी होंगी। लक्ष्य जितना छोटा होगा, बाधाएँ भी उतनी ही छोटी होंगी। अगर आप लक्ष्य तक पहुँचने के दूसरे सिद्धांत के अनुसार सिर्फ़ 24 घंटे का लक्ष्य बनाएँगे, तो मरफ़ी के नियम को सक्रिय होने का मौक़ा ही नहीं मिल पाएगा। यानी छोटे लक्ष्य बनाकर आप बहुत सारी बाधाओं से बच सकते हैं।

बस इतना ध्यान रखें कि फ्रांसीसी लेखक ट्रिस्टिन बर्नार्ड की तरह आप ख़ुद ही मरफ़ी नहीं बन जाएँ। बर्नार्ड लिखने की मेहनत से इतना बचते थे कि हर मिलने वाले से कहते थे, 'आप कृपया मुझसे सुबह मिलने आएँ। मैं उसी समय लिखता हूँ।'

एमेज़ॉन ने जब किंडल को उतारा, तो इसके 25,000 यूनिट चंद घंटों में ही बिक गए। लेकिन अचानक एक

बाधा आ गई : ताइवान के एक सप्लायर ने किंडल का एक महत्त्वपूर्ण पार्ट बनाना बंद कर दिया था। इस वजह से एमेज़ॉन कई महीनों तक अगले किंडल यूनिट बाज़ार में नहीं ला पाई। बाधाओं ने जब जेफ़ बेज़ोस जैसे ज़िद्दी इंसान को नहीं छोड़ा, तो आपको और मुझे कैसे छोड़ेंगी?

बाधाओं का मक़सद आपकी इच्छाशक्ति का इम्तहान लेना और आपको लक्ष्य के लिए मज़बूत बनाना होता है, इसलिए आपको मरफ़ी के नियम के लिए हमेशा तैयार रहना चाहिए।

लक्ष्य तक पहुँचने का ग्यारहवाँ सिद्धांत

काइज़ेन नीति अपनाएँ

'एक दिन में 1 प्रतिशत बेहतर बनें; इससे आप सिर्फ़ 70 दिनों में दोगुने अच्छे बन जाएँगे।'

–एलन वाइज़

जैसा हम बता चुके हैं, शुरुआत में छोटे लक्ष्य बनाएँ। लेकिन यहीं नहीं रुकें। आपको उन छोटे लक्ष्यों को धीरे-धीरे बढ़ाना चाहिए। आपके लक्ष्य प्रगतिशील होने चाहिए। धीमी प्रगति को कई विशेषज्ञ 1 प्रतिशत की क्रमशः वृद्धि भी कहते हैं। धीमी और निरंतर प्रगति में जादू होता है, इसलिए लक्ष्य तक पहुँचने का ग्यारहवाँ सिद्धांत है : काइज़ेन नीति अपनाएँ।

जापान में शुरू हुई काइज़ेन नीति मूलतः कछुआ दर्शन पर आधारित है और यह इक्कीसवीं सदी में काफ़ी लोकप्रिय हुई है। धीमे चलें। एक-एक क़दम चलें। अचानक भारी-भरकम सुधार करने की कोशिश नहीं करें। एक-एक प्रतिशत तरक्क़ी या सुधार करते जाएँ। बौद्ध सूक्ति को याद रखें, 'यदि हम सही दिशा में हैं, तो हमें सिर्फ़ आगे चलते रहना है।'

हरमन मिलर कंपनी अमेरिकी ऑफ़िस फ़र्नीचर बनाती है, जिसकी एरॉन कुर्सी बहुत मशहूर है। पहले इसे एक कुर्सी बनाने में 82 सेकेंड लगते थे, लेकिन काइज़ेन नीति पर चलकर यह धीरे-धीरे समय कम करती गई और अब इसकी कुर्सी सिर्फ़ 17 सेकेंड में बन जाती है, यानी इसने लगने वाले समय को 80 प्रतिशत कम कर लिया। यही काइज़ेन नीति या कछुआ दर्शन का चमत्कार है!

बीमा सेल्समैन फ्रैंक बेटगर ने बिक्री के क्षेत्र में इस सिद्धांत को सफलतापूर्वक आज़माया। एक बार अपने रिकॉर्ड की समीक्षा करते वक़्त उन्होंने देखा कि पिछले साल उन्होंने 1,849 कॉल किए थे, 828 लोगों से मिले थे और 65 लोगों को बीमा बेचा था, जिससे उन्हें 4,252 डॉलर का कमीशन मिला था। यानी उनकी हर कॉल का मूल्य 2.30 डॉलर था, भले ही वे उस आदमी से मिले हों या नहीं मिले हों। इसके बाद उन्होंने अपनी हर कॉल का मूल्य बढ़ाने पर ध्यान केंद्रित किया और इसे बढ़ाकर 19 डॉलर तक पहुँचा लिया। बेटगर ने धीरे-धीरे प्रगति करके अपने मूल्य को आठ गुना बढ़ा लिया, जो काइज़ेन नीति की सफलता का ज़बर्दस्त सबूत है।

कहा जाता है, 'अच्छी शुरुआत का मतलब है आधा काम होना।' यानी शुरुआत सबसे महत्त्वपूर्ण होती है। अगर आप शुरू ही नहीं करेंगे, तो सफल कैसे होंगे? सौ साल से ज़्यादा समय से आर्थिक विशेषज्ञ लोगों को आमदनी का 10 प्रतिशत बचाने की सलाह दे रहे हैं, लेकिन इसके बावजूद ज़्यादातर लोग ऐसा नहीं करते हैं, क्योंकि 10 प्रतिशत बहुत बड़ा लक्ष्य लगता है। ज़्यादातर लोग अपने वेतन का 1 प्रतिशत बचाने को तैयार हो जाएँगे, क्योंकि यह

लक्ष्य उन्हें छोटा और आसान लगेगा। लोग ज़्यादा मुश्किल लक्ष्यों के मामले में या तो कोशिश ही नहीं करते हैं या फिर जल्दी ही निराश हो जाते हैं। अगर आपका वेतन 50,000 रुपये है, तो आपको 5,000 रुपये बचाना मुश्किल लगेगा, लेकिन आप 500 रुपये बचाने के लिए तैयार हो जाएँगे। इसके बाद हर महीने इस राशि को थोड़ी-थोड़ी बढ़ाते जाएँ, जैसे अगले महीने 1 प्रतिशत के बजाय 2 प्रतिशत बचाएँ। यह भी आसान लगेगा। इस तरह धीरे-धीरे 1-1 प्रतिशत बढ़ाते-बढ़ाते आप पाएँगे कि आपको बचत की आदत पड़ गई है और 10 महीने बाद आप अपने वेतन का 10 प्रतिशत बचा लेंगे, जो पहले आपको असंभव लगता था। यही छोटे और प्रगतिशील लक्ष्यों का जादू है। इससे असंभव भी संभव हो जाता है!

जैसा कि एक लेखक ने कहा है, एक प्रतिशत में सचमुच जादू होता है! स्वर्ण पदक जीतने वाले और चौथे स्थान पर आने वाले के बीच औसतन सिर्फ़ 1 प्रतिशत का फ़र्क़ होता है। अगर आप अपना वज़न कम करना चाहते हैं, तो 25 किलो वज़न कम करने का बड़ा लक्ष्य नहीं बनाएँ। इसके बजाय एक सप्ताह में एक किलो वज़न कम करने का लक्ष्य बनाएँ और फिर लक्ष्य को एक-एक प्रतिशत बढ़ाते जाएँ। इस तरह 26 सप्ताह यानी छह महीनों में आपका लगभग 30 किलो वज़न कम हो जाएगा, जो पहले आपको असंभव लगता था।

लेखक एरिक सैवरेड ढाई लाख शब्दों की किताब लिखना चाहते थे, लेकिन उन्होंने सिर्फ़ अगले पैरेग्राफ़ के बारे में सोचने की नीति बनाई... अगले पेज के बारे में नहीं, अगले अध्याय के बारे में तो बिलकुल भी नहीं। इस तरह

छह महीनों तक वे बस एक पैरेग्राफ़ के बाद दूसरा पैरेग्राफ़ लिखते रहे और किताब अपने आप तैयार हो गई। सैवरेड की सफलता बताती है कि कछुआ नीति से लाभ होता है।

स्वास्थ्य और पैसा दो सबसे लोकप्रिय लक्ष्य हैं, लेकिन ज़्यादातर लोग इनमें इसीलिए सफल नहीं हो पाते, क्योंकि वे बड़े लक्ष्य बनाते हैं और फिर निराश होकर कोशिश छोड़ देते हैं। ब्रूस बार्टन ने लिखा है, 'कई बार जब मैं सोचता हूँ कि छोटी चीज़ों के कितने ज़बर्दस्त परिणाम होते हैं, तो मेरा मन यह सोचने के लिए ललचाने लगता है : कोई भी चीज़ छोटी नहीं होती है।'

ब्लेज़ पास्कल ने *प्रॉविन्शियल लेटर्स* पुस्तक लिखने में बहुत मेहनत की। एक-एक पत्र लिखने में उन्होंने बीस दिन तक श्रम किया। कई पत्रों को तो उन्होंने सात-आठ बार नए सिरे से लिखा। इस तरह उन्होंने इस पुस्तक को इतना आदर्श बना लिया कि यह फ्रांस में प्रकाशित सर्वश्रेष्ठ पुस्तक बन गई। अगर वे लगातार सुधार नहीं करते, तो यह पुस्तक सर्वश्रेष्ठ नहीं बन पाती।

रॉबर्ट माउरेर ने अपनी पुस्तक *द काइज़ेन वे* में बताया है, 'मस्तिष्क को इस तरह बनाया गया है कि कोई भी नई चुनौती, अवसर या इच्छा किसी न किसी तरह के डर को प्रेरित कर देती है।' यानी जब हमारे सामने बड़ा लक्ष्य होता है, तो हम डर जाते हैं और किंकर्तव्यविमूढ़ हो जाते हैं – जैसे महाभारत का युद्ध शुरू होने से पहले अर्जुन का हाल हुआ था।

जेरी साइनफ़ेल्ड का पहला कॉमेडी शो फ़्लॉप रहा। लेकिन वे पाँच साल तक हर रात कॉमेडी शो करते रहे, अपनी ग़लतियों से सीखते रहे और अपने प्रदर्शन को बेहतर

बनाते रहे। 1981 में उन्हें जॉनी कार्सन के साथ द *टुनाइट शो* करने का मौक़ा मिला, जो काफ़ी हिट हुआ और यहीं से उनकी सफलता की यात्रा शुरू हुई। लेकिन ग़ौर करें, उन्हें यह सफलता कछुआ नीति की बदौलत मिली थी। अगर वे पाँच साल तक हर रात कॉमेडी शो नहीं करते, तो इतने सफल नहीं हो पाते।

लक्ष्य तक पहुँचने का बारहवाँ सिद्धांत

योजना बनाएँ

'योजना बनाने में असफलता का मतलब है असफलता की योजना बनाना।'

–कहावत

कहा जाता है कि जब तक आप लक्ष्य तक पहुँचने की योजना नहीं बनाते हैं, तब तक आपकी सफलता की संभावना 10 प्रतिशत से भी कम रहती है, लेकिन अच्छी योजना बनाने पर यह संभावना बढ़कर 70 प्रतिशत से ज़्यादा हो जाती है। इसीलिए लक्ष्य तक पहुँचने का बारहवाँ सिद्धांत है : योजना बनाएँ।

योजना बनाने की कला आप मशहूर अमेरिकी व्यापारी जॉन जैकब एस्टर से सीख सकते हैं, जो अपने युग में अमेरिका के सबसे अमीर इंसान थे। एक बार उन्होंने वॉल स्ट्रीट के पास का प्लॉट 8,000 डॉलर में बेचा। बाद में ख़रीदार बोला, 'कुछ साल में इस प्लॉट की क़ीमत 12,000 डॉलर हो जाएगी।' एस्टर मुस्कराकर बोले, 'सच है, लेकिन आपके दिए 8,000 डॉलर से मैंने कैनाल स्ट्रीट

के ऊपर अस्सी प्लॉट ख़रीद लिए हैं और जब तक आपका प्लॉट 12,000 डॉलर का होगा, तब तक मेरे अस्सी प्लॉट का मूल्य 80,000 डॉलर हो जाएगा।'

ब्रिटिश संगीतकार बेंजामिन ब्रिटन पैदल घूमते समय योजना बनाते थे कि वे डेस्क पर पहुँचने के बाद क्या लिखेंगे। इस कारण उन्हें कभी प्रेरणा की कमी महसूस नहीं हुई।

1927 में जब विश्व हैवीवेट चैंपियन जीन टनी और पूर्व विश्व चैंपियन जैक डेंप्सी का मुक़ाबला होने वाला था, तो जीन टनी ने उसकी योजना बनाई। उन्होंने डेंप्सी के सभी मुक़ाबलों की पुरानी फ़िल्में इकट्ठी कीं और उन फ़िल्मों को तब तक देखा, जब तक कि उन्हें डेंप्सी की एक-एक हरकत याद नहीं हो गई। परिणाम यह हुआ कि दोनों के मुक़ाबले में टनी जीत गए।

कॉमेडियन जो रोगन हर रविवार को अगले पूरे सप्ताह की योजना बनाते थे। 'मैं अपने वर्कआउट हर रविवार को टाइमटेबल में लिख लेता हूँ। मैं वह हर चीज़ लिख लेता हूँ, जो मैं अगले सप्ताह करने वाला हूँ।'

योजना बनाकर काम करने से आपका बहुत समय बचता है, क्योंकि इससे आप हमेशा अपनी प्राथमिकताओं पर काम करते हैं और व्यर्थ समय बरबाद नहीं करते। उपन्यासकार एलिस वॉकर की बेटी छोटी थी, इसलिए वे लिख नहीं पाती थीं। उन्होंने योजना बनाई कि जब बेटी सुबह 10.30 से दोपहर 3 बजे तक स्कूल जाएगी, तब वे लिखेंगी और उस दौरान कोई दूसरा काम नहीं करेंगी। उनका लक्ष्य अपने तीसरे उपन्यास द *कलर पर्पल* को पाँच साल में

पूरा करना था, लेकिन इस योजना की बदौलत यह एक ही साल में पूरा हो गया।

महान लेखक विक्टर ह्यूगो योजना के महत्त्व को इस तरह बताते हैं, 'जो इंसान हर सुबह दिन की योजना बनाता है और उस पर चलता है, उसके पास एक सूत्र होता है, जो सबसे व्यस्त जीवन की भूलभुलैया के बीच उसका मार्गदर्शन करेगा। लेकिन जहाँ कोई योजना नहीं बनाई जाती, जहाँ समय घटनाओं और संयोगों के हवाले कर दिया जाता है, वहाँ पर जल्द ही अराजकता का साम्राज्य होगा।'

योजना बनाने का मतलब यह है कि आप अपने लक्ष्य तक पहुँचने का सर्वश्रेष्ठ रास्ता खोजते हैं। अमेरिकी उद्योगपति जॉन वार्न गेट्स शर्त लगाकर पैसे कमाते थे। एक बार उन्होंने जॉन ड्रेक से 11,000 डॉलर की शर्त लगाई। शर्त यह थी कि कॉफ़ी में डुबाने के बाद किसकी ब्रेड पर ज़्यादा मक्खियाँ बैठेंगी। गेट्स जीत गए, लेकिन उन्होंने ड्रेक को यह नहीं बताया कि उन्होंने योजनाबद्ध तरीक़े से अपनी कॉफ़ी में छह चम्मच चीनी डाली थी, जबकि ड्रेक की कॉफ़ी में सिर्फ़ एक चम्मच चीनी थी।

अगर कोई आपसे पूछे कि क्या आप 400 पेज का उपन्यास लिख सकते हैं, तो आप शायद इंकार कर देंगे। लेकिन अगर मैं पूछूँ कि क्या आप आज सवा पेज लिख सकते हैं, तो शायद आप हाँ कर देंगे, क्योंकि यह काफ़ी आसान लगेगा। अगर आप एक साल तक हर दिन सवा पेज लिखेंगे, तो एक साल बाद आपके पास 400 पेज का उपन्यास होगा। यानी सर्वश्रेष्ठ योजना वही होती है, जिसमें आप अपने बड़े लक्ष्य को 24 घंटे के लक्ष्य में तोड़ लेते हैं।

सेरेना विलियम्स और वीनस विलियम्स के पिता ने एक दिन सुना कि एक छोटा टूर्नामेंट जीतने पर एक टेनिस खिलाड़ी को 40,000 डॉलर का इनाम मिला। उसी दिन उन्होंने ठान लिया कि वे अपनी संतानों को टेनिस खिलाड़ी बनाएँगे और यह तब की बात थी, जब विलियम्स बहनें पैदा भी नहीं हुई थीं। बचपन से ही उनके पिता ने उनके हाथ में रैकेट थमा दिए और दोनों बहनें आगे चलकर नामी टेनिस खिलाड़ी बनीं।

लेखक एच. एल. मेंकेन की लेखन योजना बहुत सरल थी : हर दिन बारह-चौदह घंटे काम करो और फिर आनंद करो। काम पहले, आनंद बाद में - इससे बेहतर योजना भला क्या होगी? दोपहर तक उन्हें आलस आने लगता था, इसलिए वे दोपहर में झपकी लेकर दोबारा ऊर्जावान बनकर लिखने बैठ जाते थे।

पेरेटो का सिद्धांत यानी 80/20 का नियम बताता है कि आपको अपने 80 प्रतिशत परिणाम 20 प्रतिशत गतिविधियों से मिलते हैं। योजना बनाने का फ़ायदा यह है कि आप अपना ध्यान सबसे महत्त्वपूर्ण 20 प्रतिशत गतिविधियों पर केंद्रित करते हैं, जिससे आपका समय फ़ालतू कामों में बरबाद नहीं होता। कहावत है, 'आप इधर-उधर टहलते हुए माउंट एवरेस्ट पर नहीं चढ़ते हैं।' माउंट एवरेस्ट के शिखर पर पहुँचने के लिए आपके पास योजना होनी चाहिए। यही सफलता के शिखर पर पहुँचने का तरीक़ा भी है।

अमेरिकी लेखक विलियम फ़ॉकनर ने अपने उपन्यास *अ फ़ेबल* की योजना काग़ज़ पर नहीं बनाई थी। उन्होंने तो इसे मिसिसिपी के अपने ऑफ़िस की दीवारों पर लिखा था,

जहाँ वे लिखते थे। ऑफ़िस पहुँचते ही उन्हें योजना दिखने लगती थी और वे तुरंत काम करने बैठ जाते थे। यह योजना इतनी कारगर रही कि इस उपन्यास को बाद में पुलित्ज़र पुरस्कार मिला।

लेखिका मैरी रॉबर्ट्स राइनहार्ट ने लिखना तब शुरू किया, जब उन पर बहुत क़र्ज़ हो गया और उन्हें पैसे कमाने की ज़रूरत पड़ी। वे अगले सप्ताह के हर घंटे की योजना बनाती थीं कि वे कब लिखेंगी। इसके अलावा जब भी उन्हें ख़ाली समय मिलता था, वे लिखने लगती थीं, रात को नींद नहीं आने पर भी। अगर वे योजना नहीं बनातीं, तो पचास से ज़्यादा उपन्यास नहीं लिख पातीं और अमेरिका की सबसे ज़्यादा आमदनी वाली लेखिका नहीं बन पातीं।

लक्ष्य तक पहुँचने का तेरहवाँ सिद्धांत

समीक्षा करें

'लक्ष्य हासिल करने पर एकाग्र होने के लिए लक्ष्य की समीक्षा हर दिन दो बार करें।'

–लेस ब्राउन

योजना बताती है कि आदर्श परिस्थिति में क्या होना चाहिए। समीक्षा बताती है कि क्या हो रहा है और मनचाहा परिणाम पाने के लिए आपको क्या फ़ेरबदल करना चाहिए। इसीलिए लक्ष्य तक पहुँचने का तेरहवाँ सिद्धांत है : समीक्षा करें।

एक बड़ी औद्योगिक कंपनी ने अपने सेल्समैनों की रिपोर्ट्स का अध्ययन करने पर पाया कि उनके सेल्सपीपल का औसतन 75 प्रतिशत व्यवसाय पाँचवें इंटरव्यू के बाद हुआ था! और उन्हें यह भी पता चला कि उनके कम आमदनी वाले 83 प्रतिशत सेल्सपीपल ने पाँचवें इंटरव्यू के पहले ही प्रॉस्पेक्ट्स से मिलना छोड़ दिया था! इस प्रसंग से पता चलता है कि अपने काम की समीक्षा करना आपकी सफलता या असफलता में कितना बड़ा फ़र्क़ डाल सकता है।

बीमा सेल्समैन फ्रैंक बेटगर ने एक दिन बैठकर अपनी बिक्री की समीक्षा की और पाया कि उनकी 70 प्रतिशत बिक्री पहली मुलाक़ात में हो जाती थी, 23 प्रतिशत बिक्री दूसरी मुलाक़ात में हो जाती थी और सिर्फ़ 7 प्रतिशत बिक्री तीसरी या बाद की मुलाक़ातों में होती थी। उन्होंने यह भी पाया कि वे अपना 50 प्रतिशत समय इस 7 प्रतिशत बिक्री में लगा रहे थे। इस समीक्षा के बाद उन्होंने अपने संभावित ग्राहकों से दो से ज़्यादा बार मिलना छोड़ दिया और इस आसान रणनीति से उनकी आमदनी दोगुनी हो गई। बेटगर की तरह आप भी समीक्षा करके अपनी सफलता को दोगुना कर सकते हैं।

समीक्षा के लिए डाटा यानी रिकॉर्ड की ज़रूरत पड़ती है। चूँकि हम सभी स्वभाव से आलसी होते हैं, इसलिए डाटा लिखने या समीक्षा करने की जहमत नहीं उठाना चाहते। रिकॉर्ड बताते हैं कि आप सही दिशा में चल रहे हैं या नहीं। समीक्षा बताती है कि आपकी गाड़ी पटरी पर चल रही है या उतर चुकी है। इसलिए नियमित समीक्षा करें, चाहे यह मासिक हो या साप्ताहिक। वैसे अगर आपका लक्ष्य 24 घंटे का है, तो आपको ज़्यादा समीक्षा करने की ज़रूरत नहीं पड़ेगी।

रे क्रॉक ने अपनी सेल्स रिपोर्ट की समीक्षा करते समय देखा कि मैक्डॉनल्ड बंधु उनके सबसे बड़े ख़रीदार हैं और अंततः रे क्रॉक ने मैक्डॉनल्ड बंधुओं से रेस्तराँ चेन के फ्रैंचाइजी अधिकार ख़रीद लिए। यह प्रसंग बताता है कि अच्छी समीक्षा करना कितना फ़ायदे का सौदा है!

समीक्षा करने के लिए दो चीज़ें ज़रूरी हैं : मापन और विश्लेषण। अभ्यास के दौरान कोच खिलाड़ियों के

दौड़ने का समय नापते हैं, क्योंकि वे जानते हैं कि नापने के बाद ही समीक्षा, विश्लेषण और सुधार संभव है। चूँकि खिलाड़ी को पता होता है कि उसके प्रदर्शन को नापा जा रहा है, इसलिए वह अभ्यास में पूरा दम लगाता है। मापन का सरल सूत्र यह है कि आप जिस भी गतिविधि पर ध्यान केंद्रित करना चाहते हों, उसे नापने लगें। आपको फ़र्क़ तुरंत दिखने लगेगा। यह क्वांटम प्रभाव के सिद्धांत को सक्रिय कर देता है। *नेचर* जरनल में शोधकर्ताओं ने बताया कि आपके देखने भर से ही वास्तविकता पर असर पड़ता है और आप जितनी ज़्यादा देर तक देखते हैं, असर उतना ही ज़्यादा पड़ता है।

एक आहार-विशेषज्ञ पहली मुलाक़ात में वज़न कम करने आई क्लाएंट का वज़न लेती थीं और डायरी देकर कहती थीं कि वह दो सप्ताह तक इसमें खाने-पीने की हर चीज़ की मात्रा या संख्या लिखे। आम तौर पर दो सप्ताह बाद क्लाएंट का वज़न आठ-दस पौंड कम हो जाता था। क्यों? चूँकि वह इस गतिविधि को माप रही थी, इसलिए इस पर उसका पूरा ध्यान केंद्रित था।

देखिए, आप जिस गतिविधि को नापते हैं, उसके बारे में जागरूक रहते हैं। जिसके बारे में आप जागरूक रहते हैं, उसके बारे में आप सोचते हैं। और आप जिसके बारे में सोचते हैं, उसके बारे में कुछ करते भी हैं। जब लक्ष्य स्पष्ट होता है, तो लोग अपने प्रदर्शन की तुलना लक्ष्य से करते रहते हैं, जिस वजह से उन्हें निरंतर प्रेरणा मिलती रहती है। याद रखें, 'जिसे मापा जाता है, उसे ही किया जाता है।' यानी जब आप रिकॉर्ड रखेंगे, तो आप अपने लक्ष्य की दिशा में ज़्यादा प्रयास करेंगे और जब आप ज़्यादा

प्रयास करेंगे, तो आपके लक्ष्य हासिल करने की संभावना बढ़ जाएगी।

एक प्रयोग में लोगों को पीडोमीटर पहनाया गया। हालाँकि उनसे यह नहीं कहा गया कि वे ज़्यादा पैदल चलें, लेकिन पीडोमीटर पहनने के बाद वे सामान्य से 27 प्रतिशत ज़्यादा चले। देखिए, हर व्यक्ति जानता है कि वज़न कम करने के लिए उसे क्या करना चाहिए; लेकिन हर व्यक्ति रिकॉर्ड नहीं रखता है और समीक्षा नहीं करता है, इसी कारण वह अपने लक्ष्य तक नहीं पहुँच पाता। अगर आप भी ज़्यादा पैदल चलना चाहते हैं, तो आप भी पीडोमीटर या हेल्थ बैंड ख़रीदने के बारे में सोच सकते हैं।

लेखक एंथनी ट्रॉलप का लक्ष्य पंद्रह मिनट में 250 शब्द लिखना था और वे घड़ी सामने रखकर इसका रिकॉर्ड रखते थे। लेखक समरसेट मॉम का लक्ष्य हर दिन 1,000–1,500 शब्द लिखना था। वे हर रात को समीक्षा करते थे कि उनका लक्ष्य पूरा हुआ या नहीं। इससे हमें समीक्षा का महत्त्व पता चलता है और यह भी कि अगर हम हर दिन समीक्षा करें, तो हमारे परिणाम बेहतर हो सकते हैं।

दस–बारह साल की उम्र में मुझे एक रिश्तेदार ने मूँगफली खिलाई। इसके बाद उन्होंने तुरंत जेब से अपनी छोटी डायरी निकालकर उसमें लिखा, 5 रुपये मूँगफली। मैंने सोचा, कितना कंजूस आदमी है। बड़े होने पर मुझे समझ आया कि वे अपने ख़र्च का रिकॉर्ड रख रहे थे। ज़ाहिर है, रिकॉर्ड रखने और समीक्षा करने की बदौलत वह रिश्तेदार समय के साथ काफ़ी अमीर बना।

लेखिका जेनेट फ़्रेम एक दैनिक डायरी में अपने लेखन का रिकॉर्ड रखती थीं, जिसमें तीन कॉलम थे :

कितने पेज लिखना है, कितने पेज सचमुच लिखे गए और कारण/बहाने।

आप लक्ष्य हासिल करने के लिए दो मूल्यवान संसाधन ख़र्च कर सकते हैं : समय और धन। एक महीने के ख़र्च का रिकॉर्ड आपको बता देगा कि आप पैसे कहाँ ख़र्च कर रहे हैं। एक सप्ताह का टाइम लॉग आपको बता देगा कि आप समय कहाँ ख़र्च कर रहे हैं। इन दोनों की समीक्षा करें और इन्हें अपने लक्ष्य की दिशा में ख़र्च करने का संकल्प लें।

लक्ष्य तक पहुँचने का चौदहवाँ सिद्धांत

परिवेश को लक्ष्य के अनुकूल बनाएँ

'आप जो माहौल चुनते हैं, उसके बारे में सावधान रहें, क्योंकि यह आपको अपने जैसा बना लेगा; आप जो मित्र चुनते हैं उनके बारे में सावधान रहें, क्योंकि आप भी उन्हीं जैसे बन जाएँगे।'

–डब्ल्यू. क्लीमेंट स्टोन

हमारे आस-पास के परिवेश या माहौल का हम पर बहुत असर पड़ता है। न्यूरो-वैज्ञानिकों के अनुसार हमारे मस्तिष्क में मिरर न्यूरॉन होते हैं, जिस कारण हम दूसरों की देखादेखी नक़ल करते हैं। यानी हमारे मस्तिष्क टेलीविज़न रिसीवर जैसे होते हैं, जिस वजह से परिवेश हम पर शक्तिशाली प्रभाव डालता है। इसीलिए लक्ष्य तक पहुँचने का चौदहवाँ सिद्धांत है : परिवेश को लक्ष्य के अनुकूल बनाएँ।

अगर आप डाइटिंग करना चाहते हैं और आपके फ्रिज़ में कोल्ड ड्रिंक्स, केक, फ़ास्ट फूड, जंक फूड, चिप्स

के पैकेट और मिठाइयाँ भरी हों, तो आपकी सफलता की कितनी संभावना है? मुझे लगता है, ज़्यादा नहीं! क्यों? क्योंकि आपका परिवेश डाइटिंग के लिहाज़ से अनुकूल नहीं है। डाइटिंग के हिसाब से अनुकूल परिवेश बनाने के लिए आपको अपना फ्रिज स्वास्थ्यवर्धक चीज़ों से भरना चाहिए, जो डाइटिंग में मदद करें, जैसे फल, हरी सब्ज़ियाँ आदि, क्योंकि जो दिखेगा, वही आप खाएँगे। ऐसा परिवेश बनाएँ, जो लक्ष्य तक पहुँचने में आपकी मदद करे। अगर आप शराब या सिगरेट छोड़ना चाहते हैं, तो शराब या सिगरेट पीने वाले दोस्तों से दूरी बना लें। एल्कोहलिक्स एनॉनिमस के नीतिवचन का पालन करें, 'यदि आप फिसलना नहीं चाहते, तो फिसलन भरी जगहों पर नहीं जाएँ।'

विश्वप्रसिद्ध उपन्यासकार अगाथा क्रिस्टी जब अपना पहला जासूसी उपन्यास *द मिस्टीरियस अफ़ेयर एट स्टाइल्स* लिख रही थीं, तो उन्हें घर पर लिखने में बहुत व्यवधान आते थे, इसलिए वे घर छोड़कर डार्टमूर होटल में रहने लगीं, जहाँ उन्होंने पंद्रह दिनों में ही उपन्यास पूरा कर लिया। यही अनुकूल परिवेश की शक्ति है!

मादाम बोवरी के लेखक फ़्लोबेर दिन के शोर-शराबे में नहीं लिख पाते थे, इसलिए वे रात को लिखते थे। यानी उन्होंने अपने समय को बदलकर आदर्श परिवेश बनाया। जब किसी ने कुख्यात बैंक डकैत विली सटन से पूछा कि वह बैंक क्यों लूटता है, तो उसने जवाब दिया, 'क्योंकि पैसा वहीं पर रहता है।' विली सटन अपने लक्ष्य के हिसाब से आदर्श परिवेश की तलाश करता था।

अगर आप मैराथन दौड़ना चाहते हैं, तो 100 मीटर दौड़ने वालों के साथ अभ्यास नहीं करें। जिन लोगों के

साथ हम अपना समय बिताते हैं, वे हम पर 'पियर प्रेशर' डालते हैं। हमारी बातचीत के विषय, हमारा दृष्टिकोण, हमारी मानसिकता, यहाँ तक कि हमारी शब्दावली भी हमारे साथियों जैसी बन जाती है। इसलिए ज़्यादातर समय उन्हीं लोगों के आस–पास रहें, जिनके जैसे आप बनना चाहते हैं।

जब जैक साउस्टेल अल्जीरिया के गवर्नर जनरल थे, तो उन्होंने फ्रांस के राष्ट्रपति द गॉल से शिकायत की कि उनके सभी दोस्त द गॉल की अल्जीरिया नीति का समर्थन करने के लिए उनकी आलोचना करते हैं। द गॉल ने काफ़ी संक्षिप्त जवाब दिया, 'अपने दोस्त बदल लो।'

सरल भाषा में, अगर आप दिल्ली जाना चाहते हैं, तो हैदराबाद जाने वालों के साथ यात्रा नहीं करें। जैसा वॉरेन बफ़ेट ने कहा है, 'अगर आप जीवन में बाज की तरह आसमान छूना चाहते हैं, तो आपको मुर्गों के साथ नहीं रहना चाहिए।' अगर कोई नया सेल्समैन दिन भर असफल सेल्समैनों के साथ रहेगा, तो उसके असफल होने की आशंका बढ़ जाएगी। दूसरी तरफ़, अगर वह सफल सेल्समैनों के साथ रहेगा, तो उसके सफल होने की संभावना बढ़ जाएगी। क्रिस्टोफ़र डी. फ़रमैन ने इस मामले में बड़ी अच्छी सलाह दी है, 'अगर आप विजेता बनना चाहते हैं, तो विजेताओं के साथ रहें।'

अगर आपका वर्तमान परिवेश बुरा है, तो आप उसे छोड़ सकते हैं, जैसा विलियम फ़ॉकनर ने किया। अमेरिकी उपन्यासकार विलियम फ़ॉकनर पोस्ट ऑफ़िस में पोस्टमास्टर थे और ऑफ़िस के काम की वजह से लिख नहीं पाते थे। लेखन कार्य की ख़ातिर उन्होंने नौकरी छोड़कर अपना परिवेश बदल लिया।

अपने क़रीबी लोगों से तुलना करना मानव स्वभाव है। मनुष्य स्वभाव से अपने समूह में अव्वल रहना चाहता है, चाहे समूह अच्छा हो या बुरा। अगर आपके साथी दो बियर पीते हैं, तो आप तीन बियर पीकर सबसे आगे पहुँचने की कोशिश करेंगे। दूसरी तरफ़, अगर आपके साथी बारह बजे रात तक लक्ष्यों की दिशा में मेहनत करते हैं, तो आप रात को एक बजे तक मेहनत करने के लिए प्रेरित होंगे। यानी जैसा आपका मित्रसमूह या परिवेश होगा, आप भी वैसे ही बन जाएँगे।

आपका परिवेश ऐसा होना चाहिए, जो आपको लक्ष्य हासिल करने के लिए प्रेरित करे। अंग्रेज़ नाटककार एडवर्ड यंग जब दुखांत नाटक लिख रहे थे, तो उनके संरक्षक ड्यूक ऑफ़ व्हार्टन ने उन्हें मानव खोपड़ी का मोमबत्ती स्टैंड दिया, ताकि दुखांत नाटक के लिहाज़ से आदर्श परिवेश बन जाए।

आदर्श परिवेश के मामले में मेरे भांजे रोहित के प्रसंग पर ग़ौर करें। उसे एक अमेरिकी युनिवर्सिटी में रात को 12 बजे (भारतीय समय) ऑनलाइन टेस्ट देना था। एक महीने तक वह हर रात को 12 बजे डेढ़ घंटे तक ऑनलाइन टेस्ट देने का अभ्यास करता था। सिर्फ़ इतना ही नहीं, वह उसी टेबल-कुर्सी पर उसी पोशाक में बैठता था, जिसमें वह टेस्ट देने वाला था। यानी उसने आदर्श परिवेश में अभ्यास किया और अंततः कामयाब हुआ। हम भी रोहित की तरह कामयाब हो सकते हैं, बशर्ते हम अपने परिवेश की छोटी-छोटी चीज़ों को अपने लक्ष्य के अनुरूप बना लें।

जिम रॉन की यह बात हमेशा याद रखें, 'आप उन पाँच लोगों का औसत होते हैं, जिनके साथ आप सबसे ज़्यादा समय बिताते हैं।' डॉ. डेविड मैक्क्लीलैंड के

अनुसार, 'आप जिन लोगों के साथ आदतन रहते हैं, वे जीवन में आपकी 95 प्रतिशत सफलता या असफलता को तय करते हैं।' लक्ष्य के संदर्भ में सर्वश्रेष्ठ सलाह यही है कि ऐसे लोगों के साथ रहें, जिनका लक्ष्य आपके लक्ष्य से मेल खाता हो। अगर आपका लक्ष्य वज़न घटाना है, तो ऐसे लोगों के साथ रहें, जिनका लक्ष्य वज़न घटाना हो। अगर आपका लक्ष्य बचत करना है, तो ऐसे लोगों के साथ रहें, जिनका लक्ष्य पैसे बचाना हो।

और हाँ, परिवेश के मामले में एच. जैकसन ब्राउन, जूनियर का यह कथन सबसे उपयोगी है, 'अपना जीवनसाथी सावधानी से चुनें। यही एक निर्णय आपके 90 प्रतिशत सुख या दुख का कारण होगा।'

लक्ष्य तक पहुँचने का
पंद्रहवाँ सिद्धांत

मानसिक चित्र देखें

'जिस तरह ब्लूप्रिंट या नक़्शे के हिसाब से हूबहू वैसा ही मकान बन जाता है, उसी तरह आपके मन की काल्पनिक तसवीर के ब्लूप्रिंट के हिसाब से वह चीज़ आपके जीवन में भी आ जाती है।'

– अज्ञात

डेनिस वेटली के अनुसार आपकी मानसिक तसवीरें 'आपके जीवन के आगामी आकर्षणों का प्रिव्यू हैं।' चेतन मन वीडियो कैमरे की तरह अतीत की घटनाओं को रिप्ले कर सकता है। लेकिन ज़्यादातर लोग यह नहीं जानते हैं कि यह मानसिक चित्रण के ज़रिये भविष्य में होने वाली घटनाओं को 'प्रिप्ले' भी कर सकता है। सफलता का मानसिक चित्र लगातार देखकर आप सफलता हासिल कर सकते हैं। इसलिए लक्ष्य तक पहुँचने का पंद्रहवाँ सिद्धांत है : मानसिक चित्र देखें।

अगर हम किसी ख़ास क्षेत्र में ख़ुद को बेहतर बनाना चाहते हैं, तो हमें उस गुण का आदर्श मानसिक चित्र बहुत

स्पष्टता और लगन से देखना चाहिए। महान बॉडीबिल्डर अरनॉल्ड श्वाज़नेगर अपनी सफलता का रहस्य बताते हुए कहते हैं, 'मैं एक लक्ष्य तय करता हूँ, इसका बहुत स्पष्ट चित्र देखता हूँ और इसे हक़ीक़त में बदलने के लिए प्रबल प्रेरणा या भूख पैदा करता हूँ।' श्वाज़नेगर ने 1967 में मि. युनिवर्स प्रतिस्पर्धा जीतने का चित्र देखा और वे सचमुच जीत गए।

मानसिक चित्र बार-बार देखें। आप जो भी दोहराते हैं, भले ही एक बार में एक सेकेंड, उसे मस्तिष्क महत्त्वपूर्ण मानने लगता है और साकार करने की कोशिश करता है। लेन बीचले विश्व चैंपियन बनने का चित्र देखती थीं। वे कहती हैं, 'मैं सिर्फ़ एक ही परिणाम का मानसिक चित्र देखती थी : मंच पर अपने सिर के ऊपर ट्रॉफ़ी उठाने का चित्र, जबकि मुझ पर शैम्पेन का छिड़काव किया जा रहा था।' वे यह मानसिक चित्र हर दिन बार-बार देखती थीं; कोई हैरानी नहीं कि वे सर्फ़िंग में सात बार विश्व चैंपियन बनीं।

मशहूर पेशेवर गोल्फ़ खिलाड़ी जॉनी बुल्ला के अनुसार अगर आप अंतिम परिणाम का चित्र देखते हैं, गेंद को अपनी मनचाही जगह पर जाते देख लेते हैं और यह विश्वास करते हैं कि यह वही करने जा रही है, जो आप इससे चाहते हैं, तो इसके बाद आपका अवचेतन मन कमान सँभाल लेगा और आपकी मांसपेशियों को सही निर्देश देकर मनचाहा काम करा लेगा।

मेरे एक रिश्तेदार हैं अरविंदजी। सामान्य पृष्ठभूमि के अरविंदजी ने शानदार कार और आलीशान मकान की तसवीरें अपने पूरे घर में लगाईं। लोगों ने उनका बहुत मज़ाक़ उड़ाया, लेकिन वे मानसिक चित्रण में जुटे रहे और समय

के साथ उनका सपना सच हुआ! यही मानसिक चित्रण का जादू है!

एक टेलीविज़न इंटरव्यू में गायिका सेलीन डियॉन से पूछा गया कि क्या करियर की शुरुआत में उन्होंने कभी सोचा था कि एक दिन उनके लाखों-करोड़ों रिकॉर्ड बिकेंगे और वे हर हफ़्ते लाखों लोगों के सामने गाएँगी। उनका जवाब था कि इस सबसे उन्हें कोई हैरानी नहीं हुई, क्योंकि इन सब चीज़ों की कल्पना तो उन्होंने सिर्फ़ पाँच साल की उम्र में ही कर ली थी! बचपन में ही उन्होंने सफलता के चित्र देखने की कला सीख ली थी।

अल्फ्रेड हिचकॉक ने कभी दर्शकों के साथ बैठकर अपनी फ़िल्में नहीं देखीं। उनसे किसी ने पूछा, 'फिर आपको उनकी चीख़ें सुनाई कैसे देती हैं?' हिचकॉक ने कहा, 'जब मैं फ़िल्म बनाता हूँ, तभी मैं उनकी चीख़ें सुन लेता हूँ।'

स्कूल शुरू होने पर विद्यार्थी लिज़ मरे ने ख़ाली रिपोर्ट कार्ड निकालकर उसमें अपने मनचाहे ग्रेड भरे। उसने इसे अपना विज़न बोर्ड बना लिया। हर दिन पढ़ते समय वह उस रिपोर्ट कार्ड को अपने सामने रखती थी, ताकि उसे प्रेरणा मिल सके।

ओलिंपिक चैंपियन हाई-डाइवर ग्रेग लुगेनिस शारीरिक रूप से डाइव लगाने से ठीक पहले हर डाइव की 40 बार मानसिक रिहर्सल करते थे यानी सफल मानसिक तसवीर देखते थे और फिर 41 वीं डाइव में उस तसवीर को साकार करते थे।

जब डब्ल्यू. क्लीमेंट स्टोन ने जैक कैनफ़ील्ड को आकर्षण का नियम सिखाया, तब कैनफ़ील्ड शिकागो में

शिक्षक थे और उनकी सालाना आमदनी 8,000 डॉलर थी। स्टोन ने उनसे कहा कि अगर उन्हें आकर्षण के नियम की शक्ति का सबूत चाहिए, तो वे कोई बड़ा लक्ष्य तय करें। जैक कैनफ़ील्ड ने उस साल 1,00,000 डॉलर कमाने का लक्ष्य बनाया और 1,00,000 डॉलर का चेक अपने पलंग के ऊपर छत पर लगा लिया, जिसे वे हर सुबह नियम से देखते थे। वे अपने पास 1,00,000 डॉलर होने की मानसिक कल्पना करते रहे। उस साल उन्होंने 92,000 डॉलर कमा लिए यानी एक तरह से उनका लक्ष्य हासिल हो गया। उन्हें आकर्षण के नियम की शक्ति का प्रमाण मिल गया। इसके बाद उनकी पत्नी ने पूछा कि क्या यह नियम एक मिलियन डॉलर के लिए भी काम करेगा। उन्होंने एक मिलियन डॉलर का चेक काटकर छत पर लगा लिया। कुछ साल बाद उनकी पहली पुस्तक *चिकन सूप फ़ॉर द सोल* की रॉयल्टी में उन्हें एक मिलियन डॉलर का चेक मिला। मानसिक चित्रण ने जैक कैनफ़ील्ड के लिए काम किया था और यह आपके तथा मेरे लिए भी कर सकता है। शर्त यह है कि हमें इसे पूरे विश्वास के साथ करना होगा।

पॉप स्टार लेडी गागा हर दिन यह संकल्प कथन कहती थीं, 'मैं नंबर वन हिट वाला नंबर वन रिकॉर्ड बनाने वाली हूँ।' और एक दिन उनका यह कथन सच हो गया।

अभिनेता टिम हॉलैंड ने 2013 में संकल्प लिया कि वे दस साल में स्पाइडर मैन की भूमिका निभाएँगे। हॉलैंड को 2016 में ही स्पाइडरमैन की फ़िल्म मिल गई।

मैंने एक पुस्तक में मानसिक चित्रण की शक्ति के बारे में यह प्रसंग पढ़ा था। एक गंभीर बीमारी से ग्रस्त महिला ने कल्पना में यह मानसिक फ़िल्म देखी कि उसका डॉक्टर

उससे कह रहा है, ‘चमत्कार हो गया! तुम बिलकुल ठीक हो गई हो!’ वह कई महीनों तक यह फ़िल्म लगातार देखती रही और एक दिन सचमुच उसके डॉक्टर ने उससे यही बात बोल दी।

मार्च 1940 में सोवियत संघ से लड़ाई के बाद संधि करते समय फ़िनलैंड के राष्ट्रपति क्योस्ती कैलियो ने हस्ताक्षर के लिए पेन उठाकर कहा, ‘इस भयानक और भयंकर संधि प्रस्ताव पर हस्ताक्षर करने वाला हाथ गिर जाए!’ कुछ ही महीनों में उनके उस हाथ को लक़वा हो गया। इस प्रसंग से हमें पता चलता है कि मानसिक चित्रण में सचमुच ज़बर्दस्त शक्ति होती है!

लक्ष्य तक पहुँचने का सोलहवाँ सिद्धांत

टाइम मैनेजमेंट सीखें

'आप यह कैसे कह सकते हैं कि आपके पास पर्याप्त समय नहीं है? आपके पास एक दिन में उतने ही घंटे हैं, जितने हेलन केलर, लुई पास्चर, माइकल एन्जेलो, मदर टेरेसा, लियोनार्डो द विंची, थॉमस जेफ़रसन और अल्बर्ट आइंस्टाइन के पास थे।'

–एच. जैकसन ब्राउन, जूनियर

आप लक्ष्य तक पहुँचने में सफल होंगे या नहीं, यह पता लगाने का एसिड टेस्ट आप इस पुस्तक के शुरू में ही पढ़ चुके हैं : आप दिन भर में यानी 24 घंटों में अपने सबसे प्रमुख लक्ष्य पर कितने समय काम करते हैं। इसलिए लक्ष्य तक पहुँचने का सोलहवाँ सिद्धांत है : टाइम मैनेजमेंट सीखें।

अगर आप टाइम टेबल बना लें कि आप लक्ष्य की दिशा में कब कितना काम करेंगे, तो आपकी सफलता की संभावना बहुत बढ़ जाएगी। उपन्यासकार एंथनी ट्रॉलप हर सुबह 5.30 बजे लेखन कार्य शुरू करते थे और पोस्ट ऑफ़िस की नौकरी पर जाने से पहले तीन घंटे तक लिखते

थे। वे अपनी सफलता का सबसे ज़्यादा श्रेय उस बूढ़े नौकर को देते हैं, जिसके सही समय पर जगाने से ही वे अपना सृजन कार्य कर पाए।

सामान्यत: आप जिस क्षेत्र में जितना ज़्यादा समय लगाएँगे, उस क्षेत्र में उतने ही ज़्यादा सफल होंगे। एक व्यक्ति को अपने सोशल टाइम के रिकॉर्ड से पता चला कि वह सामाजिक मेलजोल में बहुत समय लगा रहा है। इस समय को अपने लक्ष्य की दिशा में लगाकर वह अंतत: कामयाब हो गया।

ख़ाली समय में गपशप करने, सोशल मीडिया पर सक्रिय होने या टीवी देखने के बजाय लक्ष्य की दिशा में काम करें। हरबर्ट हूवर ने ट्रेनों, नावों और अधिकारियों का इंतज़ार करते-करते एक पुस्तक लिख डाली। नोएल कॉवर्ड ने ट्रैफ़िक जाम के दौरान अपनी लोकप्रिय पुस्तक *आई विल सी यू अगेन* लिखी थी। आप भी अपने ख़ाली समय में लक्ष्य की दिशा में काम कर सकते हैं।

ईलॉन मस्क और बिल गेट्स अपने दैनिक शेड्यूल को पाँच-पाँच मिनट के अंतरालों में बाँटते हैं, ताकि उनका समय बरबाद नहीं हो। स्लैक के सह-संस्थापक कैल हेंडरसन हर दिन सुबह ऑफ़िस पैदल जाते वक़्त ऑडियो बुक सुनते हैं।

अमेरिकी उपन्यासकार फ़्रैंजीन प्रोज़ अपने छोटे बच्चों की वजह से नहीं लिख पाती थीं। उन्होंने टाइम मैनेजमेंट का इस्तेमाल करके लिखने की आदर्श योजना बनाई : जब स्कूल बस आती थी, तो वे लिखना शुरू कर देती थीं और जब स्कूल बस लौटती थी, तो वे लिखना बंद कर देती थीं।

समय की बरबादी के बारे में जागरूक रहें। एक्ज़ीक्यूटिव्ज़ के एक सर्वे में यह पाया गया कि वे दिन में साढ़े पाँच घंटे बातचीत और गपशप में बरबाद कर देते हैं। अध्ययन का निष्कर्ष यह था कि एक्ज़ीक्यूटिव्ज़ के पास अपने लक्ष्य हासिल करने के लिए पर्याप्त समय होता है; वे तो बस इसका इस्तेमाल नहीं करते हैं।

टाइम मैनेजमेंट का सबसे महत्त्वपूर्ण प्रश्न वही है, जो ब्रायन ट्रेसी ने बताया है, 'इस पल मेरे समय का सर्वश्रेष्ठ उपयोग क्या है?' अगर आपका एक ही लक्ष्य हो, तो आपको हमेशा पता रहता है कि आपके समय का सर्वश्रेष्ठ उपयोग आपके लक्ष्य की दिशा में होना चाहिए; बाक़ी हर चीज़ समय की बरबादी है। आपको अपना सारा समय उसी एक क्षेत्र, उसी एक लक्ष्य, उसी एक प्राथमिकता में लगाना चाहिए।

नारायण मूर्ति ने जब इन्फ़ोसिस कंपनी की स्थापना की, तो उनके सामने टाइम मैनेजमेंट की कोई समस्या नहीं थी, क्योंकि वे अपना हर पल इन्फ़ोसिस में लगाते थे। उनकी पत्नी सुधा मूर्ति ने कहा है, 'जब आपका पति अपनी टीम के साथियों के साथ इन्फ़ोसिस जैसी कंपनी बनाता है, तो यह तपस्या करने जैसा है – इसका मतलब है अपने काम पर 100 प्रतिशत ध्यान और एकाग्रता। ईश्वर ने सभी को 24 घंटे दिए हैं और मि. मूर्ति पूरे 24 घंटे सिर्फ़ एक उद्‌देश्य के लिए इस्तेमाल करते हैं और वह है इन्फ़ोसिस।'

मशहूर अरबपति जेम्स लेवॉय सोरेन्सन युवावस्था में मेडिकल रिप्रज़ेंटेटिव थे और डॉक्टरों के पास दवाएँ बेचने जाते थे। टाइम मैनेजमेंट का इस्तेमाल करते हुए वे सुबह जल्दी ही डॉक्टरों से मिल लेते थे और सुबह नौ बजे तक

काम ख़त्म कर लेते थे। बाक़ी समय में वे ज़मीन-जायदाद का काम करके काफ़ी पैसे कमाते थे। अगर आप अपने लक्ष्य तक पहुँचने में सफल होना चाहते हैं, तो आपको भी पूरी तरह सजग रहना चाहिए कि आप अपने समय का सर्वश्रेष्ठ सदुपयोग कैसे कर सकते हैं। कार्लसन कंपनीज़ के संस्थापक कर्ट कार्लसन की बात याद रखें, जिन्होंने कहा था कि सोमवार से शुक्रवार तक आप प्रतिस्पर्धियों के बराबर रहने के लिए मेहनत करते हैं; शनिवार और रविवार को आप उनसे आगे निकलते हैं।

अगर दूसरों के कारण आपका समय बरबाद होता है, तो आप बिस्मार्क नीति आज़मा सकते हैं। एक अंग्रेज़ राजदूत ने बिस्मार्क से पूछा, 'आप ऐसी कौन-सी तकनीक अपनाते हैं, ताकि मिलने वाले आपका क़ीमती समय बरबाद नहीं करें?' बिस्मार्क ने कहा, 'मेरे पास एक अचूक तरीक़ा है। मेरा नौकर आकर कहता है कि मेरी पत्नी मुझसे कोई बहुत ज़रूरी बात कहना चाहती है।' उसी पल दरवाज़े पर दस्तक हुई और नौकर ने आकर वही बात कह दी। अंग्रेज़ राजदूत को बात समझ में आ गई।

समय बचाने के बारे में उतने ही सजग रहें, जितने हेनरी फ़ोर्ड रहते थे। हेनरी फ़ोर्ड से एक बार पूछा गया कि कोई समस्या आने पर वे अपने अधिकारियों के केबिन में क्यों जाते हैं, उन्हें अपने केबिन में क्यों नहीं बुलाते? उनका जवाब था, 'समय बचाने के लिए। मैंने पाया है कि अधिकारी मेरे ऑफ़िस से उतनी जल्दी बाहर नहीं निकलते हैं, जितनी जल्दी मैं उनके ऑफ़िस से बाहर निकल सकता हूँ।'

जब राष्ट्रपति थियोडोर रूज़वेल्ट के बेटे ने ग़रीब अमेरिकी कवि एडविन आर्लिंगटन रॉबिन्सन की कविताओं

की प्रशंसा की, तो रूज़वेल्ट ने उन्हें कस्टम हाउस में नौकरी दे दी। रॉबिन्सन से सिर्फ़ यह उम्मीद की जाती थी कि वे हर दिन वहाँ आकर सुबह का अख़बार पढ़ें और उसे अपनी कुर्सी पर सबूत के तौर पर छोड़ जाएँ। यह सिलसिला चार साल तक चला, जिस दौरान रॉबिन्सन कवि के रूप में स्थापित हो गए। जब आप अपना पूरा समय किसी लक्ष्य के प्रति समर्पित कर देते हैं, तो सृष्टि किसी न किसी तरह हमेशा आपकी मदद करती है।

लक्ष्य तक पहुँचने का सत्रहवाँ सिद्धांत

सही मार्गदर्शन लें

'हमें ना सिर्फ़ अपने पास मौजूद सारे दिमाग़ का इस्तेमाल करना चाहिए, बल्कि उसका भी इस्तेमाल करना चाहिए, जिसे हम उधार ले सकते हैं।'

– वुडरो विल्सन

इस संसार में कोई भी अकेला सफल नहीं होता; सफल होने के लिए हमें दूसरों के मार्गदर्शन और मदद की ज़रूरत होती है। इसलिए लक्ष्य तक पहुँचने का सत्रहवाँ सिद्धांत है : सही मार्गदर्शन लें।

अगर आपको आँख की समस्या है, तो आप आँख के डॉक्टर के पास जाते हैं, हड्डी वाले डॉक्टर के पास नहीं जाते। बीमारियों के मामले में हम इतने समझदार होते हैं, लेकिन क्या पता क्यों लक्ष्य के मामले में नहीं होते? अगर आप दस लाख रुपये सालाना कमाना चाहते हों, तो उस व्यक्ति से इसका तरीक़ा नहीं पूछें, जो पाँच लाख रुपये सालाना कमा रहा हो। उनकी सलाह लेने में कोई तुक नहीं है, क्योंकि यह काम उन्होंने कभी किया ही नहीं है। इसलिए

सही व्यक्ति से ही मार्गदर्शन लें। जीन क्लॉड किली की बात याद रखें, 'किसी खेल को सीखने का सबसे अच्छा और सबसे तेज़ तरीक़ा यह है कि आप किसी चैंपियन को देखकर उसकी नक़ल करें।' उस व्यक्ति को खोजें, जो आपके लक्ष्य के संदर्भ में चैंपियन हो।

जापान का दस वर्षीय लड़का एक बूढ़े जापानी गुरु के पास जूडो सीखने गया। लड़के का बायाँ हाथ एक दुर्घटना में कट गया था। गुरु ने उसे सिर्फ़ एक दाँव सिखाया। तीन महीने बाद लड़के ने पूछा, 'गुरुजी, आप मुझे और दाँव कब सिखाओगे?' गुरुजी ने जवाब दिया, 'तुम्हें सिर्फ़ यही दाँव जानने की ज़रूरत है।' लड़का उसी एक दाँव का दिन-रात अभ्यास करता रहा। कुछ महीने बाद गुरु उसे टूर्नामेंट में लेकर गए, जिसे लड़के ने जीत लिया। उसने गुरुजी से पूछा, 'गुरुजी, मैं सिर्फ़ एक दाँव से टूर्नामेंट कैसे जीत गया?' गुरुजी ने कहा, 'तुम दो कारणों से जीते। पहला तो यह कि तुम लगातार अभ्यास करते-करते इस दाँव में माहिर हो चुके हो। दूसरी बात, उस दाँव की एकमात्र काट यह है कि विरोधी खिलाड़ी तुम्हारी बाईं बाँह पकड़ ले, जो तुम्हारे पास है ही नहीं!' उस लड़के का लक्ष्य जूडो चैंपियन बनना था और गुरु ने उसे आदर्श दाँव सिखाया, जिसका कोई तोड़ नहीं था। आदर्श गुरु का मार्गदर्शन ऐसा ही होता है।

मार्गदर्शन कैसे लोगों से नहीं लेना चाहिए, इस बारे में थेरॉन क्यू ड्यूमॉन्ट के बताए इस प्रसंग पर ग़ौर करें, 'कुछ समय पहले मैंने दौलत पर एक भाषण सुना। मैं भाषण देने वाले को जानता था। वह पिछले 10 वर्षों से लगभग दिवालिया था... मैंने उससे पूछा कि क्या उसे अपने सिद्धांतों पर भरोसा है। उसने हाँ कहा। फिर मैंने पूछा कि

क्या वह उन पर अमल करके दौलतमंद बना है। उसने कहा, नहीं। जब मैंने कारण पूछा, तो वह बोला कि शायद दौलत हासिल करना उसकी तक़दीर में नहीं है।'

अगर आप माउंट एवरेस्ट पर चढ़ना चाहते हैं, तो क्या आप ऐसा गाइड रखेंगे, जो पहले कभी उस पर नहीं चढ़ा हो? या फिर ऐसे व्यक्ति को चुनने में ज़्यादा समझदारी है, जो शिखर पर गया है और यह काम करने का तरीक़ा जानता है? लक्ष्य तक पहुँचने के गुर वह इंसान ज़्यादा अच्छी तरह बता सकता है, जो वहाँ तक पहुँचा हो। इसलिए सफल लोगों से ही लक्ष्य संबंधी मार्गदर्शन लें। किसी ने कहा है, 'अगर आप बार-बार वही करते हैं, जो दूसरे सफल लोग करते हैं, तो आप भी सफल हो जाएँगे।'

चार्ली 'ट्रिमेंडस' जोन्स ने बड़ी अच्छी बात कही है, 'आप आज जैसे हैं, पाँच साल बाद भी वैसे ही रहेंगे। फ़र्क़ सिर्फ़ उन लोगों से पड़ेगा, जिनसे आप मिलते हैं और उन पुस्तकों से पड़ेगा, जिन्हें आप पढ़ते हैं।' आप पुस्तकों के माध्यम से सर्वश्रेष्ठ लोगों का उपयोगी मार्गदर्शन ले सकते हैं। 1801 में सर जॉर्ज मरे और उनके सैनिक अलेक्ज़ेंड्रिया में प्यास के मारे परेशान थे। सर मरे को याद आया कि जूलियस सीज़र को भी उसी जगह वही समस्या आई थी। उन्होंने सीज़र की लिखी पुस्तक तुरंत खोली, जिसे वे हमेशा अपने साथ रखते थे। पुस्तक में लिखा था कि रोमन सैनिकों ने एक निश्चित जगह पर निश्चित गहराई तक रेत में कुआँ खोदकर पानी निकाला था। मरे ने अपने सैनिकों को उचित निर्देश देकर काम में लगा दिया और जल्दी ही उन्हें पर्याप्त पानी मिल गया। यह मार्गदर्शन का अनुपम उदाहरण है।

अगर आप सफल लोगों से सीधे मार्गदर्शन नहीं ले सकते, तो आप इसे अप्रत्यक्ष तरीक़े से कर सकते हैं। बहुत से ब्लॉग, पॉडकास्ट, फ़ेसबुक ग्रुप्स, ट्विटर आदि में विशेषज्ञ आपको अपनी सफलता के रहस्य और कारण बताते हैं। इसके अलावा, सफल लोगों की पुस्तकों या ऑडियो बुक्स से भी आपको बहुत मदद मिल सकती है। पुस्तकों में वे अपने संघर्ष, त्याग और तरीक़ों के बारे में ज़्यादा विस्तार से बताते हैं। आपने अपने लिए जो भी लक्ष्य बनाया हो, उस क्षेत्र के सफल लोगों से सीखें - या तो सीधे, या फिर पुस्तकों के माध्यम से। जब मुझे सर्वाइकल स्पॉन्डिलोसिस की समस्या हुई, तो मैं इससे संबंधित फ़ेसबुक ग्रुप में शामिल हो गया। जब भी मुझे कोई समस्या होती थी, मैं उस ग्रुप में पूछ लेता था और मुझे हमेशा अनुभवी लोगों का सही मार्गदर्शन मिल जाता था।

सफल मार्गदर्शक चुनने के बारे में एक प्रसंग बहुत यादगार है। एक बार संगीतकार जॉर्ज गर्शविन ने पेरिस में रैवेल से संगीत रचना सीखने का निर्णय लिया। रैवेल ने उनसे पूछा, 'आप संगीत से हर साल कितना कमाते हैं?' गर्शविन ने जवाब दिया, 'एक लाख से दो लाख डॉलर के बीच।' इस पर रैवेल ने कहा, 'तब तो मुझे आपसे संगीत रचना सीखना चाहिए!'

अगर आप बार-बार राह भटकते हैं, तो मार्गदर्शक की मदद लें, जैसे तालुला बैंकहेड नामक अमेरिकी अभिनेत्री ने ली थी। इस अभिनेत्री ने एक बेंटली कार ख़रीदी और उन्हें इसे चलाने में बड़ा मज़ा आता था, लेकिन वे लंदन की सड़कों की भूलभुलैया में भटककर रास्ता भूल जाती थीं। उन्होंने इस समस्या का उपाय खोजते हुए एक टैक्सी किराए

पर ली, जो आगे चलकर उन्हें सही रास्ता दिखाती जाती थी और वे इसके पीछे-पीछे अपनी बेंटली कार चलाती थीं। यानी जब मार्गदर्शक अनुभवी और योग्य होता है, तो आपका सफ़र आसान हो जाता है।

लक्ष्य तक पहुँचने का अठारहवाँ सिद्धांत

मददगार आदतें डालें

'सफलता का सबसे तेज़ रास्ता यह है कि आप बुरी आदतों की जगह पर अच्छी आदतें डाल लें।'

– टॉम ज़िग्लर

कुछ आदतें लक्ष्य तक पहुँचने में हमारी मदद करती हैं और कुछ आदतें बाधा डालती हैं, इसलिए लक्ष्य तक पहुँचने का अठारहवाँ सिद्धांत है : मददग़ार आदतें डालें।

चार्ल्स लिंडबर्ग ने न्यू यॉर्क से पेरिस तक बिना रुके विमान यात्रा करने का लक्ष्य बनाया। उनका अनुमान था कि 3,600 मील की इस उड़ान में उन्हें 30 घंटे से ज़्यादा समय लगेगा। इसलिए अपने लक्ष्य की ख़ातिर उन्होंने सारी रात जागने की आदत डाली, क्योंकि वे जानते थे कि यह आदत लक्ष्य तक पहुँचने में उनकी मदद करेगी।

लोग सोचते हैं कि उन्हें अच्छी आदतें डालनी चाहिए, लेकिन ग़ौर करें। सिर्फ़ अच्छी आदतों से काम नहीं चलेगा! आपको तो अपने लक्ष्य तक पहुँचने में सहायक आदतें डालनी चाहिए। देखिए, आपके लक्ष्य से ही तय होता है

कि कौन-सी आदत अच्छी है और कौन-सी बुरी है। अगर आपका लक्ष्य बेहतर स्वास्थ्य है, तो एक घंटे प्राणायाम, दो घंटे व्यायाम और आठ घंटे की नींद अच्छी आदतें हैं। लेकिन अगर आपका लक्ष्य किसी प्रोजेक्ट को फटाफट पूरा करना है, तो ये अच्छी आदतें नहीं हैं। इसलिए वही आदतें डालें, जो लक्ष्य तक पहुँचने में आपकी मदद करें।

बिज़नेसमैन एच. एल. हंटर का लक्ष्य ज़्यादा पैसे कमाना था। इस लक्ष्य की ख़ातिर उन्होंने सिगार पीने की आदत छोड़ दी। एक दिन उन्होंने सोचा कि सिगार का रैपर हटाने और इसे सुलगाने में उन्हें जितना समय लगता है, अगर वे उसे अपने काम में लगाएँ, तो उन्हें हर साल हज़ारों डॉलर का फ़ायदा हो सकता है।

आदतें दो तरह की होती हैं : करने वाली आदतें और नहीं करने वाली आदतें। जो आदतें लक्ष्य तक पहुँचने में मददगार हैं, उन्हें करने की आदत डालें। जो आदतें लक्ष्य तक पहुँचने में बाधक हैं, उन्हें नहीं करने की आदत डालें। इससे आपकी सफलता की संभावना बढ़ जाएगी।

जो आदतें आपके लक्ष्य में बाधक हैं, उन्हें छोड़ने के बारे में एक यादगार प्रसंग देखें। कुछ पर्वतारोही फ़्रांस में मॉन्ट ब्लॉन्क की चोटी पर चढ़ने जा रहे थे। फ़्रांसीसी गाइड ने उन्हें सफलता की मुख्य शर्त बताई कि वे सारा अनावश्यक सामान पीछे छोड़ दें। एक युवा अंग्रेज़ नहीं माना और अपने बैग में बहुत सारा सामान भरकर सबसे आगे चला। बाक़ी लोग गाइड के मार्गदर्शन में चलने लगे। रास्ते में उन्होंने देखा कि युवा अंग्रेज़ रास्ते में एक-एक करके अपना अनावश्यक सामान छोड़ता गया था। जब बाक़ी लोग शिखर पर पहुँचे, तो उन्हें वहाँ अंग्रेज़ दिखा,

जिसने रास्ते में हर अनावश्यक चीज़ छोड़ दी थी। इसी तरह आपको भी लक्ष्य तक पहुँचने में बाधक हर आदत को छोड़ देना चाहिए।

ग्रीशम का नियम है, 'बुरा पैसा अच्छे पैसे को चलन से बाहर कर देता है।' हमारे लिए इसका अर्थ यह है कि बुरी आदतें अच्छी आदतों से ज़्यादा आकर्षक और लुभावनी होती हैं। जैसे अगर आपका लक्ष्य जेई की परीक्षा में अव्वल आना है और आप मोबाइल पर सोशल मीडिया चला रहे हैं, तो यह बुरी आदत है, जिसकी वजह से आपकी पढ़ने की अच्छी आदत सक्रिय नहीं हो पा रही है। आपको हर पल इस बारे में सावधान रहना चाहिए कि कौन-सी बुरी आदतें आपकी अच्छी आदतों को सक्रिय होने से रोक रही हैं।

इस बारे में एक किंवदंती पर ग़ौर करें। रावण के मरते समय रामचंद्रजी ने लक्ष्मण को उससे ज्ञान लेने भेजा। लक्ष्मण रावण के सिर के पास खड़े रहे, लेकिन रावण कुछ नहीं बोला। फिर ख़ुद रामचंद्रजी ने रावण के पैरों के पास खड़े होकर उससे ज्ञान का सार पूछा। रावण ने कहा, 'हे राम, जीवन में मैंने सबसे महत्त्वपूर्ण बात यह सीखी है कि जो चीज़ें मनुष्य के लिए बुरी होती हैं, वे उसे बहुत ज़्यादा ललचाती हैं; मनुष्य तेज़ी से उनकी ओर दौड़ता है। लेकिन जो चीज़ें मनुष्य के लिए सचमुच अच्छी होती हैं, वे उसे आकर्षित नहीं करती हैं और वह उनसे बचने के लिए बहुत बहाने बनाता है तथा टालमटोल करता है, इसीलिए मैं सीता का अपहरण करने के लिए आतुर था और आपसे मिलने से कतराता रहा। यही मेरे जीवन भर के ज्ञान का सार है।' यानी यह मानव स्वभाव है कि बुरी आदतें उसे ललचाती

हैं, जबकि वह अच्छी आदतों से दूर भागता है। कोई हैरानी नहीं कि इतने कम लोग उनके लक्ष्य तक पहुँच पाते हैं!

एडमिरल रिचर्ड बर्ड ने 12 साल की उम्र में अपनी डायरी में लिखा था, 'मैं उत्तरी ध्रुव पर पहुँचने वाला पहला इंसान बनूँगा।' उन्हें ठंड पसंद नहीं थी, लेकिन यह लक्ष्य बनाने के बाद वे ओवरकोट के बजाय हल्के अंडरवियर पहनने लगे, ताकि उन्हें ठंड झेलने की आदत पड़ जाए। अंततः वे उत्तरी और दक्षिणी ध्रुवों के ऊपर से उड़ने वाले पहले इंसान बने।

महान गोल्फ़ खिलाड़ी बेन होगन गोल्फ़ के मैदान में जाकर एक ही शॉट को बार-बार दोहराते थे, ताकि उनकी मांसपेशियाँ उस पैटर्न को याद कर लें और यह उनकी आदत बन जाए। अगर आप अपनी दिनचर्या में किसी नई आदत को शामिल करना चाहते हों, तो आपको इसके लिए एक निश्चित समय और स्थान तय करना होगा। इससे भी बेहतर यह है कि नई आदत को किसी पुरानी आदत के साथ जोड़ दें, जैसे डॉक्टर किसी दवाई के साथ 'खाने के बाद' जोड़ देता है। यह नहीं भूलें कि स्थान की ऊर्जा होती है और समय की स्मृति होती है। अगर आप हर दिन किसी निश्चित समय और जगह पर कोई चीज़ करते हैं, तो वह चीज़ आपकी आदत बन जाती है।

हॉलिडे इन 500 कर्मचारियों को नियुक्त करने वाला था, जिसके लिए कंपनी ने 5,000 उम्मीदवारों का इंटरव्यू लिया। इंटरव्यू लेने वाले होटल मैनेजरों ने हर उस उम्मीदवार को अस्वीकृत कर दिया, जो इंटरव्यू में चार बार से कम मुस्कराया था... क्योंकि मुस्कराने की आदत मोटल व्यवसाय में सफलता की आवश्यक शर्त है!

स्पेन के वायलिनवादक पाब्लो द सरासाते को एक मशहूर संगीत आलोचक ने जीनियस कहा। उनका जवाब था, 'जीनियस! पिछले सैंतीस सालों से मैं हर दिन चौदह घंटे अभ्यास कर रहा हूँ और अब लोग मुझे जीनियस कहते हैं!' हर दिन अभ्यास की मददगार आदत की वजह से ही सरासाते जीनियस बने थे।

लक्ष्य तक पहुँचने का उन्नीसवाँ सिद्धांत

आइंस्टाइन के सिद्धांत की मदद लें

'हम अपने पास मौजूद ऊर्जा को केंद्रित करके
इसका अधिकतम लाभ ले सकते हैं।
लक्ष्य हमारे लिए यही करते हैं; वे हमारी
ऊर्जा को एकाग्र कर देते हैं।'

– डेनिस वेटली

जब आइंस्टाइन से पूछा गया, 'पदार्थ क्या है?' तो उनका जवाब था, 'ऊर्जा, जो दिखने के बिंदु तक सिकुड़ गई है।'

आइंस्टाइन का सबसे मशहूर सूत्र है : $e=mc^2$। हमारी पुस्तक के संदर्भ में इसका यह अर्थ है कि ऊर्जा और पदार्थ एक ही चीज़ के दो रूप हैं और इन्हें एक-दूसरे में बदला जा सकता है। यानी अगर आप यह सीख लें कि अपने लक्ष्य (पदार्थ) को हासिल करने के लिए आप अपनी ऊर्जा का इस्तेमाल कैसे कर सकते हैं, तो आप अपना लक्ष्य ज़्यादा आसानी से हासिल कर सकते हैं। हमेशा! इसलिए

लक्ष्य तक पहुँचने का उन्नीसवाँ सिद्धांत है : आइंस्टाइन के सिद्धांत की मदद लें।

पूरी सृष्टि पदार्थ और ऊर्जा से बनी है। पदार्थ ऊर्जा में बदल जाता है, जैसे चाय-कॉफ़ी, सेवफल या मल्टीविटामिन खाने-पीने से आपको ऊर्जा मिलती है। इसी तरह ऊर्जा भी पदार्थ में बदल जाती है, जैसे आपके मन में आया विचार (ऊर्जा) मूर्ति या मशीन को आकार देता है। ऊर्जा पदार्थ पर क्रिया करके उसे बदल देती है। जहाँ भी गतिविधि है, वहाँ ऊर्जा है, फिर चाहे यह शारीरिक ऊर्जा हो या फिर विचार की मानसिक ऊर्जा हो। यदि शारीरिक या मानसिक ऊर्जा पर्याप्त प्रबल हो, तो यह पदार्थ (आपके मनचाहे लक्ष्य) में बदल सकती है। ऊर्जा और पदार्थ के इसी विनिमय की वजह से अमीरी के विचारों से अमीरी उत्पन्न होती है और ग़रीबी के विचारों से ग़रीबी उत्पन्न होती है।

ब्रिटिश उपन्यासकार ग्राहम ग्रीन अपनी शारीरिक-मानसिक ऊर्जा बढ़ाने के लिए बेंजिड्रीन गोली दिन में दो बार खाते थे, एक सुबह जागने पर और दूसरी दोपहर में। इस ऊर्जा बढ़ाने वाली गोली की बदौलत वे सुबह 2,000 शब्द लिख लेते थे, जबकि इसके बिना वे सामान्यत: 500 शब्द ही लिख पाते थे। बेंजिड्रीन की गोली उनके लक्ष्य के लिए आवश्यक ऊर्जा देती थी। यानी पदार्थ (बेंजिड्रीन) से उनके लिखने की ऊर्जा बढ़ जाती थी।

लक्ष्य हासिल करना इसलिए मुश्किल होता है, क्योंकि लक्ष्य हासिल करने के लिए ऊर्जा चाहिए और ज़्यादातर लोग अपनी ऊर्जा या तो लगाते नहीं हैं, या फिर पर्याप्त ऊर्जा नहीं लगाते। प्रश्न यह है कि अगर आपमें ऊर्जा नहीं है, तो आप पदार्थ (मनचाही वस्तु या लक्ष्य) कैसे पा

सकते हैं? देखिए, अगर आपमें ऊर्जा नहीं है, तो आपको ऊर्जा हासिल करनी होगी, या तो पदार्थ से या फिर विचार से। ख़ुशख़बरी यह है कि लक्ष्य लिखने और दोहराने से भी आपको ऊर्जा मिल सकती है, क्योंकि लक्ष्य में गुरुत्वाकर्षण होता है और प्रबल लक्ष्य आपको बहुत ज़्यादा ऊर्जा दे सकता है।

आयन रैंड पर उनका उपन्यास द *फ़ाउंटेनहेड* पूरा करने का दबाव था। अपनी दीर्घकालीन थकान के इलाज के लिए रैंड एक डॉक्टर के पास गईं, जिसने उनकी ऊर्जा बढ़ाने के लिए बेंजिड्रीन गोलियाँ लिख दीं। इससे काम बन गया और वे दिन-रात लिखने लगीं; वे एक सप्ताह में औसतन एक अध्याय लिख डालती थीं। यानी अगर बेंजिड्रीन की ऊर्जा नहीं होती, तो द *फ़ाउंटेनहेड* इतनी जल्दी नहीं लिखा जाता।

जब कोई आदमी ऑफ़िस के बाद घर पर टी.वी. के सामने पसरकर कहता है कि वह थक गया है, तो वह दरअसल थकता नहीं है; उसमें तो बस ऊर्जा कम होती है। अगर अचानक उसका कोई दोस्त फ़ोन करके उसे बार में बुलाए, तो उसमें तुरंत ऊर्जा आ जाएगी। ऐसा क्यों? क्योंकि उसे मनचाही चीज़ के विचार से ऊर्जा मिल जाती है। जब आप मनचाही चीज़ के बारे में सोचते हैं, तो आपमें ऊर्जा आ जाती है। यह ऊर्जावान बनने और लक्ष्य हासिल करने का महान रहस्य है। इसी कारण मनचाही चीज़ के लक्ष्य को हमेशा याद रखने की सलाह दी जाती है, क्योंकि मनचाही चीज़ के बारे में सोचने से आपमें ऊर्जा और जोश का संचार हो जाता है।

याद रखें कि हमें सोचने और काम करने के लिए ऊर्जा चाहिए, इसलिए अगर हम लक्ष्य तक नहीं पहुँच पा

रहे हैं, तो हमारी मूल समस्या ऊर्जा की समस्या है। अगर आप अपने लक्ष्य हासिल करना चाहते हैं, तो ख़ुद को ऊर्जावान बनाने के तरीक़े सोचें – हमेशा। यह याद रखें कि ऊर्जा के चार स्तंभ हैं : नींद, पोषक आहार, व्यायाम और अच्छा स्वास्थ्य। प्रोटीन, मिनरल, विटामिन, व्यायाम और कम भोजन आपकी ऊर्जा को बढ़ाते हैं। दूसरी तरफ़, भरपेट भोजन, फ़ैट और कार्बोहाइड्रेट युक्त भोजन आपकी ऊर्जा कम करते हैं।

ओक्टेविया बटलर साइंस फ़िक्शन लेखिका थीं। दिन में नौकरी करने की वजह से उन्हें लिखने का समय नहीं मिल पाता था और रात को घर लौटने तक वे बुरी तरह थक जाती थीं। इसलिए वे सुबह तीन बजे उठ जाती थीं, जब उनमें सबसे ज़्यादा ऊर्जा रहती थी और ऑफ़िस जाने तक लिखती रहती थीं। यानी आपको यह पता लगाना है कि आप किस समय सबसे ज़्यादा ऊर्जावान रहते हैं और फिर उस समय का इस्तेमाल करके अपने लक्ष्य को हासिल करना है। यह एक तकनीक आपको इतना सफल बना देगी, जिसकी आप कल्पना भी नहीं कर सकते।

जैसा विक्टोरिया ओस्टीन ने कहा है, 'हमारे पास दिन भर में केवल निश्चित मात्रा में ही ऊर्जा होती है। अगर हम इसका इस्तेमाल ग़लत उद्देश्य से करते हैं, अगर हम नकारात्मक या नुक़सान पहुँचाने वाली चीज़ पर ध्यान केंद्रित करते हैं, तो हमारे पास सही उद्देश्यों के लिए आवश्यक ऊर्जा नहीं रहेगी।'

सरल भाषा में इसे इस तरह समझें : अगर आपको ऊर्जा चाहिए, तो आपको पदार्थ का इस्तेमाल करना होगा। अगर आपको पदार्थ चाहिए, तो आपको ऊर्जा का इस्तेमाल

करना होगा। लक्ष्य के बारे में जोश होने से ज़बर्दस्त ऊर्जा मिलती है, जिसकी मदद से आप अपना लक्ष्य हासिल कर सकते हैं। आप चाय या कॉफ़ी का इस्तेमाल करके भी ऊर्जा हासिल कर सकते हैं। फ्रांसीसी उपन्यासकार बैलज़ाक अपनी ऊर्जा बढ़ाने के लिए एक दिन में पचास कप तक कॉफ़ी पीते थे।

डोरिस लेसिंग ने बड़े पते की बात कही है, 'हम सभी के पास ऊर्जा की सीमित मात्रा होती है और सफल लोगों ने जाने-अनजाने यह सीख लिया है कि अपनी ऊर्जा व्यर्थ बर्बाद करने के बजाय उसका सदुपयोग कैसे करना है।'

लक्ष्य तक पहुँचने का बीसवाँ सिद्धांत

ज़िद करें

'संकल्प हमें नई शक्ति देता है। चाहे हमारे साथ कुछ भी हो – बीमारी, ग़रीबी या दुर्घटना, हम कभी अपने लक्ष्य से नज़र नहीं हटाते।'

–एड मैक्एलरॉय

लक्ष्य तक पहुँचने का तरीक़ा आपको भी आता था। याद करें, बचपन में आप ज़िद पकड़कर सबसे अपनी बात मनवा लेते थे। यानी बचपन में आप लक्ष्य हासिल करने में माहिर थे। इसीलिए लक्ष्य तक पहुँचने का बीसवाँ सिद्धांत है : ज़िद करें।

बच्चा पूरी लगन का इस्तेमाल करता है। अगर आपने उसकी इच्छा पूरी नहीं की, तो वह मुँह बनाएगा, रोएगा, खाना नहीं खाएगा, कहना नहीं मानेगा आदि। यह बालहठ अवचेतन मन की शक्ति का इस्तेमाल है, हालाँकि बच्चा यह बात नहीं जानता। ज़िद या संकल्प आपकी प्रकृति का हिस्सा है और आप जब चाहें, इसका इस्तेमाल कर सकते हैं।

ज़िद का एक सुंदर उदाहरण देखें। एक सेल्समैन ने ज़िद पकड़ ली कि वह हर सप्ताह कम से कम एक बीमा पॉलिसी बेचेगा। उसने यह संकल्प भी लिया कि अगर वह किसी दूसरे को पॉलिसी नहीं बेच पाया, तो ख़ुद ख़रीद लेगा। शुरुआत में उसे 22 पॉलिसी ख़ुद ख़रीदनी पड़ीं, क्योंकि वह 22 सप्ताह तक किसी दूसरे को पॉलिसी नहीं बेच पाया। ज़ाहिर है, इससे वह सेल्समैन सचमुच प्रेरित हो गया और आगे चलकर बहुत सफल हुआ।

ज़िद का मतलब है कि आप हर क़ीमत चुकाने के लिए तैयार रहते हैं। ज़िद का मतलब है कि आपमें प्रबल आत्मविश्वास होता है। ज़िद का मतलब है कि आप दूसरों की विरोधी राय को मानने से इंकार कर देते हैं, चाहे वह आपका बॉस ही क्यों नहीं हो। बरसों पहले ह्यूलेट-पैकार्ड प्रयोगशाला में डेविड पैकार्ड ने एक युवा इंजीनियर से कहा कि वह डिस्प्ले मॉनीटर बनाने के प्रयोग छोड़ दे। युवा इंजीनियर ने ज़िद करके मॉनीटर का उत्पादन कराया, जिसे बेचने से कंपनी को पैंतीस मिलियन डॉलर की आमदनी हुई। बाद में पैकार्ड ने उस युवा इंजीनियर को 'सामान्य इंजीनियरिंग कर्तव्य से आगे जाकर असाधारण अवज्ञा और अवहेलना के लिए' मेडल दिया।

कॉस्मेटिक्स क्वीन एस्टी लॉडर भी काफ़ी ज़िद्दी थीं। वे पेरिस के एक मशहूर स्टोर में अपना परफ़्यूम रखवाना चाहती थीं। स्टोर मालिक के इंकार करने पर लॉडर ने ज़िद पकड़ ली और अपना परफ़्यूम स्टोर के फ़र्श पर उड़ेल दिया। बाद में उस स्टोर में आने वाली इतनी ज़्यादा महिलाओं ने फ़र्श पर बिखरे परफ़्यूम की माँग की कि स्टोर मालिक आख़िरकार एस्टी लॉडर का परफ़्यूम रखने को राज़ी हो गया।

जब आपमें ज़िद होती है, तो आप लक्ष्य के प्रति पूरी तरह समर्पित होते हैं और उसकी ख़ातिर हर क़ीमत चुकाने को तैयार रहते हैं। सोनी के सह-संस्थापक अकियो मोरिता ने वॉकमैन बनाने की ज़िद पूरी करने के लिए अपनी टीम को चुनौती दी कि अगर वॉकमैन बाज़ार में नहीं चला, तो वे चेयरमैन पद छोड़ देंगे। सौभाग्य से वॉकमैन हिट हो गया।

लेखक अलेक्स हार्ले आठ साल तक कहानियाँ लिखते रहे, जिनमें से एक भी प्रकाशित नहीं हुई। अंतत: *रूट्स* पुस्तक से उनकी तक़दीर चमकी और वे मशहूर लेखक बन गए। क्या आपमें इतनी ज़िद है कि आठ साल तक लगातार कोशिश करते रहें?

ज़िद आपको मुश्किलों, मुसीबतों और चुनौतियों के बावजूद डटे रहने की प्रेरणा देती है। जैसा हम मरफ़ी के नियम में देख चुके हैं, लक्ष्य की राह में आपके सामने बाधाएँ आएँगी, लेकिन यह भी याद रखें कि जब आप ज़िद और जीवट से डटे रहते हैं, तो अंतत: आप सफल हो जाते हैं। अरबपति व्यवसायी पॉल जे. मेयर ने कहा था, 'जो लोग असफल होते हैं, उनमें से 90 प्रतिशत दरअसल हारते नहीं हैं। वे तो बस कोशिश करना छोड़ देते हैं।'

ज़िद का सुंदर उदाहरण हमें नोबेल पुरस्कार विजेता अमेरिकी उपन्यासकार सिंक्लेयर लुइस के जीवन में देखने को मिलता है। जब डोरोथी थॉमसन का अपने पहले पति से तलाक़ हुआ, तो कुछ ही दिन बाद सिंक्लेयर लुइस ने उनके सामने विवाह का प्रस्ताव रखा। जब डोरोथी ने रुचि नहीं दिखाई, तो लुइस ने कहा कि वे सार्वजनिक और निजी तौर पर डोरोथी के सामने तब तक विवाह का प्रस्ताव रखेंगे, जब तक कि वे हाँ नहीं कर दें। जब सिंक्लेयर लुइस एक डिनर

पार्टी में व्याख्यान दे रहे थे, तो उन्होंने खड़े होकर बस एक ही वाक्य कहा, 'डोरोथी, क्या तुम मुझसे शादी करोगी?' इसके बाद वे बैठ गए। उस डिनर पार्टी में डोरोथी भी थीं, जो यह सुनकर शर्म से लाल हो गई। 1927 में लुइस डोरोथी के पीछे-पीछे मॉस्को पहुँच गए। मॉस्को हवाई अड्डे पर एक पत्रकार ने लुइस से पूछा, 'कौन-सी चीज़ आपको रूस खींच लाई?' लुइस ने जवाब दिया, 'डोरोथी।' पत्रकार ने कहा, 'हमारा मतलब है, यहाँ आपको क्या काम है?' लुइस ने कहा, 'डोरोथी।' पत्रकार ने कहा, 'आप समझ नहीं रहे हैं। आप रूस में क्या देखना चाहते हैं?' लुइस ने जवाब दिया, 'डोरोथी।' इतनी प्रबल ज़िद को देखते हुए अंततः 1928 में डोरोथी ने हाँ कर दी।

आइंस्टाइन और उनके एक सहयोगी शोधपत्र पूरा करने के बाद ऑफ़िस में पेपर क्लिप खोज रहे थे। आख़िरकार उन्हें एक मुड़ी क्लिप मिल गई। अब वे इसे सीधा करने के लिए कोई औज़ार खोजने लगे। आख़िर उन्हें अच्छी क्लिपों का एक पूरा बॉक्स मिल गया। आइंस्टाइन ने एक अच्छी क्लिप मोड़कर मुड़ी हुई क्लिप को सीधा करने का औज़ार बनाया। उनके सहयोगी ने चकराकर पूछा कि जब अच्छी क्लिप मिल गई है, तो वे ऐसा क्यों कर रहे हैं? आइंस्टाइन ने जवाब दिया, 'एक बार जब मैं किसी लक्ष्य में जुट जाता हूँ, तो मेरे लिए इसे छोड़ना मुश्किल होता है।'

मशहूर स्वीडिश अभिनेत्री ग्रेटा गार्बो ने कई फ़िल्में हिट होने के बाद अपने बॉस लुइस बी. मेयर से कहा कि वे उनकी फ़ीस 350 डॉलर प्रति सप्ताह से बढ़ाकर 5,000 डॉलर कर दें। उनके बॉस ने कहा कि वे अधिकतम 2,500 डॉलर देंगे। हालाँकि उनकी फ़ीस सात गुना बढ़ रही थी,

लेकिन गार्बो ने ज़िद पकड़ ली। गार्बो अभिनय किए बिना पूरे सात महीने तक होटल में रहीं, जब तक कि बॉस ने आख़िरकार उनकी शर्त नहीं मान ली। तो आपने देखा, ज़िद का जादू इसी तरह सफल होता है; अगर लक्ष्य अच्छा है, तो ज़िद पकड़ना भी अच्छा होता है।

लक्ष्य तक पहुँचने का इक्कीसवाँ सिद्धांत

जोश और जुनून रखें

'अनुभव दिखाता है कि सफलता योग्यता के कारण कम, उत्साह के कारण ज़्यादा मिलती है। विजेता वह होता है, जो अपने काम में ख़ुद को जी-जान से झोंक देता है।'

—चार्ल्स बक्सटन

प्रोफ़ेसर डटन ने फ़ोर्ड मोटर कंपनी के अधिकारी से पूछा कि वे अपने एमबीए विद्यार्थियों को ऐसा क्या सिखा सकती हैं, जिससे वे फ़ोर्ड के लिए सबसे ज़्यादा उपयुक्त बन जाएँ। अधिकारी ने कहा कि जिस चीज़ की ज़रूरत है, वह सिखाई नहीं जा सकती, क्योंकि उन्हें ऐसे विद्यार्थी चाहिए, जिनमें कार के बारे में जोश और जुनून हो। इसलिए लक्ष्य तक पहुँचने का इक्कीसवाँ सिद्धांत है : जोश और जुनून रखें।

जोश के बिना लक्ष्य हासिल करने में सफलता नहीं मिलती, क्योंकि जोश आपको कर्म करने की प्रेरणा देता है और प्रेरणा सफलता की आवश्यक शर्त है। प्रख्यात व्यवसायी चार्ल्स श्वाब ने कहा था, 'लोग जिस चीज़ के

बारे में उत्साहित होते हैं, वे उसमें हमेशा सफल हो सकते हैं।' मशीनों और इंसानों में एक समानता होती है : दोनों को ही काम करने के लिए चालू करना पड़ता है। हर इंसान को चालू करने वाले बटन को आप जोश या जुनून कह सकते हैं। यह इच्छाशक्ति का ईंधन है और यह इंसान को काम करने और लक्ष्य हासिल करने के लिए जितना ज़्यादा प्रेरित करता है, उतना कोई दूसरी चीज़ नहीं करती। अगर आप जोश के साथ लक्ष्य का पीछा करते हैं, तो आपकी आधी सफलता तो सिर्फ़ इसी बात से तय हो जाती है।

अमेरिका के मशहूर डॉक्टर एडवर्ड टेलर से एक बार किसी ने पूछा, 'क्या कोई भी बच्चा वैज्ञानिक बन सकता है?' टेलर ने जवाब दिया, 'वैज्ञानिक बनने के लिए बहुत तेज़ दिमाग़ की ज़रूरत नहीं होती, ना ही चमत्कारी याददाश्त की ज़रूरत होती है, ना ही स्कूल में बहुत अच्छे नंबरों से पास होने की ज़रूरत होती है। वैज्ञानिक बनने के लिए सिर्फ़ यह ज़रूरी है कि बच्चे की विज्ञान में गहरी रुचि हो। उसकी जितनी ज़्यादा रुचि होगी, वह उतना ही बड़ा वैज्ञानिक बन सकता है।'

जब आप जानते हैं कि आप क्या चाहते हैं और आप उसे पर्याप्त शिद्दत से चाहते हैं, तो आप उसे पाने का कोई न कोई तरीक़ा खोज ही लेंगे। आपको राह में आने वाली समस्याओं को सुलझाने के लिए जिन जवाबों, तरीक़ों और समाधानों की ज़रूरत होगी, वे रास्ते में आपके सामने अपने आप प्रकट होते चले जाएँगे।

आपका जोश लॉम्बार्डी जैसा होना चाहिए, जिन्होंने कहा था, 'मैं सबसे बढ़कर एक चीज़ हमेशा चाहता हूँ, वह है जीतना। कोई मैच खेलने का तब तक कोई मतलब नहीं

है, जब तक कि आप उसे जीतने का लक्ष्य नहीं बनाएँ। आपका सारा खेल, मेहनत, चिंतन - सब कुछ - जीतने के प्रति समर्पित होना चाहिए।'

जोश के कारण आप दिन-रात मेहनत करने के बाद भी नहीं थकते हैं। शायद यही वजह है कि स्वप्नदर्शी हर दिन अठारह घंटे काम करने के बाद भी नहीं थकते हैं, जबकि सामान्य लोग सात-आठ घंटे की नौकरी में ही थक जाते हैं। स्वप्नदर्शियों की ऊर्जा और उत्साह का कारण यह है कि उन्हें उनके लक्ष्य से शक्ति मिलती है। ऑरिसन स्वेट मार्डन ने कहा था, 'ईश्वर ने आपको वह काम करने की प्रबल इच्छा दी ही नहीं है, जिसकी आपमें योग्यता नहीं है।'

रे क्रॉक ने कहा था, 'मैं ईश्वर, परिवार और मैकडॉनल्ड्स में विश्वास करता हूँ। और ऑफ़िस में यह क्रम बदल जाता है।' इसी तरह आपको भी सूत्रवाक्य बनाना चाहिए, 'मैं ईश्वर, परिवार और अपने लक्ष्य में विश्वास करता हूँ' और काम करते समय आपको भी क्रम बदल लेना चाहिए।

स्पेनिश सेलोवादक पाब्लो कैसल्स की असली रुचि संगीत कंडक्टर बनने में थी, लेकिन सेलोवादक के रूप में मशहूर होने के कारण उन्हें संगीत कंडक्टर बनने के लिए कम समय मिल पाता था। एक बार 1901 में अमेरिका यात्रा के दौरान एक पत्थर गिरने से उनके बाएँ हाथ की अँगुलियों में चोट लग गई। इस पर उनकी पहली प्रतिक्रिया थी, 'भगवान का शुक्र है, अब मुझे सेलो नहीं बजाना पड़ेगा।' यह उदाहरण सकारात्मक मानसिकता के साथ-साथ उनका जोश और जुनून भी प्रदर्शित करता है।

इटली के धर्मगुरु चार्ल्स बोरोमियो शतरंज के दीवाने थे। एक बार उनसे पूछा गया, 'अगर आप शतरंज खेल रहे हों और दुनिया ख़त्म हो जाए, तो आप क्या करेंगे?' बोरोमियो का जवाब था, 'मैं खेलता रहूँगा।' जुनून इसी को कहते हैं!

विलियम एच. मरे के कथन पर ग़ौर करें, 'जिस पल इंसान पूरी तरह समर्पित होने का फ़ैसला कर लेता है, उसी पल से क़िस्मत भी उसका साथ देने लगती है। इंसान की मदद के लिए सभी तरह की चीज़ें होने लगती हैं, जो इसके बिना कभी नहीं होतीं। इस निर्णय से बहुत सारी घटनाएँ होने लगती हैं, जो सभी तरह की अप्रत्याशित चीज़ों, मुलाक़ातों और भौतिक सहयोग को इंसान के पक्ष में ला देती हैं, जिनके बारे में वह सपने में भी नहीं सोच सकता था कि वे उसके साथ होंगी।'

क्रिस्टोफ़र मिल्ने संगीत कॉमेडी देखने के लिए थिएटर जाने का शौक रखते थे। बचपन में एक संगीत कॉमेडी में उन्हें बहुत मज़ा आ रहा था और वे खिलखिलाकर ज़ोर-ज़ोर से हँस रहे थे। इंटरवल में अभिनेत्री डेम सिसली कूर्टनीज़ ने क्रिस्टोफ़र मिल्ने को एक बक्सा चॉकलेट के साथ यह संदेश भेजा, 'यह उस छोटे लड़के के लिए है, जो बहुत जमकर हँस रहा है।' इस प्रसंग से पता चलता है कि जोश का आप पर ही नहीं, दूसरों पर भी सकारात्मक प्रभाव पड़ता है और इससे दूसरे भी प्रेरित होते हैं!

एक युवक ने सुकरात से पूछा कि वह बुद्धिमानी कैसे हासिल कर सकता है। सुकरात उसे झील के अंदर ले गए। जब पानी चार फुट गहरा हो गया, तो सुकरात ने अचानक उस युवक का सिर पानी में डुबा दिया। आख़िरकार जब

वह हवा के लिए व्याकुल होने लगा और उसका दम घुटने लगा, तब कहीं जाकर सुकरात ने उसका सिर पानी से बाहर निकाला। इसके बाद सुकरात ने युवक से कहा, “जब तुम्हारे अंदर बुद्धिमानी हासिल करने की इतनी ही प्रबल इच्छा होगी, जितनी उस पल साँस लेने की थी, तो कोई चीज़ तुम्हें इसे पाने से नहीं रोक सकेगी।” यह बात लक्ष्य के संदर्भ में भी लागू होती है।

लक्ष्य तक पहुँचने का बाईसवाँ सिद्धांत

लक्ष्य के साथ कोई पुरस्कार जोड़ दें

'जिस काम को पुरस्कृत किया जाता है,
उसे ही किया जाता है।'

—माइकल लेबॉफ़

शिक्षण मनोवैज्ञानिक ई.एल. थॉर्नडिक के अनुसार, 'जिस व्यवहार को तत्काल पुरस्कृत किया जाता है, वह बारंबार होने लगता है; जिस व्यवहार को तुरंत दंडित किया जाता है, उसका होना घट जाता है।' गधे या घोड़े के सामने गाजर लटकाना पुरस्कार के लालच की श्रेणी में आता है। इंसान भी पुरस्कार के लालच में बेहतर प्रदर्शन करते हैं। पुरस्कार जितना बड़ा होता है, लक्ष्य तक पहुँचने की हमारी इच्छा भी उतनी ही ज़्यादा प्रबल होती है। इसलिए लक्ष्य तक पहुँचने का बाईसवाँ सिद्धांत है : लक्ष्य के साथ कोई पुरस्कार जोड़ दें!

अगर भारत सरकार यह घोषणा कर दे कि जो भारतीय पाँच महीने तक हर दिन पाँच किलोमीटर पैदल चलेगा, उसे

दस लाख रुपये दिए जाएँगे, तो क्या आप यह काम करेंगे? ज़रूर करेंगे! आपको क्या लगता है, कितने भारतीय यह काम करेंगे? सही समझे, ज़्यादातर भारतीय यह काम करेंगे। लोग अपने सारे बहाने भूल जाएँगे, अपनी प्राथमिकताओं को नए सिरे से तय करेंगे, तेज़ बारिश हो, ठंड हो, कोहरा हो, जो भी हो, वे इस काम को किसी तरह कर ही लेंगे। यही पुरस्कार की शक्ति है!

आप शायद यह बात नहीं जानते होंगे कि पुरस्कार के लालच की वजह से ही सचिन तेंदुलकर इतने महान बल्लेबाज़ बने। सचिन तेंदुलकर के कोच शाम को पंद्रह मिनट तक स्टंप के ऊपर एक रुपये का सिक्का रख देते थे और अगर सचिन पंद्रह मिनटों में आउट नहीं होते थे, तो उन्हें उस सिक्के का पुरस्कार मिल जाता था। इस पुरस्कार ने सचिन को अपना विकेट बचाना सिखाया, जो बाद में उनके बहुत काम आया।

विज्ञान में प्रिमैक सिद्धांत कहता है कि मनुष्य कोई आनंदरहित काम तभी करेगा, जब उसे यह पता हो कि इसके फलस्वरूप उसे कोई आनंददायक काम करने का अवसर मिलेगा। जैसे, 'मिठाई तभी मिलेगी, जब सब्ज़ी पूरी ख़त्म हो जाएगी।' यानी माँ सब्ज़ी ख़त्म करने के लक्ष्य पर मिठाई का पुरस्कार दे रही है।

कंपनियाँ हिलकॉर्प एनर्जी कंपनी की तरह पुरस्कार का लक्ष्य दिखाकर अपने स्टाफ़ को प्रेरित कर सकती हैं। हिलकॉर्प ने 2010 में अपने स्टाफ़ से वादा किया कि अगर कंपनी अपनी उत्पादन दर और रिज़र्व्ज़ को 2015 तक दोगुना कर लेगी, तो हर कर्मचारी को एक लाख डॉलर का चेक मिलेगा। यह लक्ष्य इससे जल्दी पूरा हो गया और

कंपनी ने अपने 400 कर्मचारियों को 50,000 डॉलर का पुरस्कार दिया। आई बी एम में थॉमस वाटसन सीनियर किसी भी कर्मचारी के अच्छे काम को देखकर चेक काटकर तत्काल पुरस्कार देते थे।

पुरस्कार किसी कंपनी की पहचान भी बन सकते हैं। जैसे मैरी के कॉस्मेटिक्स इंक साल के सबसे ज़्यादा आमदनी वाले सेल्समैनों को गुलाबी कैडिलक का पुरस्कार देती है। यह ख़ास रंग की कार मैरी के ने बनवाई थी, क्योंकि कंपनी आम तौर पर इस रंग की कार नहीं बनाती। गुलाबी रंग की कैडिलक सफलता व प्रशंसा की प्रतीक बन चुकी है और मैरी के कंपनी का चलता-फिरता विज्ञापन है। इस पुरस्कार को जीतने की ख़ातिर सेल्समैन एड़ी-चोटी का ज़ोर लगा देते हैं।

प्रेरणा की ख़ातिर हमें भी तय कर लेना चाहिए कि जब हम अपना लक्ष्य हासिल कर लेंगे, तो ख़ुद को क्या पुरस्कार देंगे। जैसे अगर आप शराब छोड़ने का संकल्प करें, तो बचे पैसों से मोबाइल फ़ोन या टीवी ख़रीदने के बारे में सोच सकते हैं। पुरस्कार की वजह से लोग लक्ष्य की दिशा में काम करने के लिए ज़्यादा प्रेरित होते हैं। पुरस्कार तय करके आप भी ख़ुद को लक्ष्य तक पहुँचने के लिए प्रेरित कर सकते हैं।

मारिया शारापोवा जैसी महान खिलाड़ी को भी पुरस्कार के विचार से प्रेरणा मिलती है। वे कहती हैं, 'जब मुझे ख़ुद को प्रेरित करना होता है, तो मैं उन सारी सुंदर चमकदार ट्रॉफ़ियों के बारे में सोचती हूँ, जो विजेता खिलाड़ी उठाएगी – और यह भी सोचती हूँ कि वह विजेता मैं भी हो सकती हूँ।'

पुरस्कार से प्रेरणा पाने के उदाहरण देखें। दोस्तोयवस्की ने अपना द *गैम्बलर* उपन्यास सोलह दिनों में लिख दिया था, वरना क़र्ज़ के कारण उन्हें जेल जाना पड़ता। अगर इस उपन्यास से मिलने वाली धनराशि का लालच नहीं होता, तो दोस्तोयवस्की यह उपन्यास कभी नहीं लिखते। वाल्ट व्हिटमैन ने भी *फ़्रैंकलिन इवान्स* नामक उपन्यास पैसों की ख़ातिर सिर्फ़ तीन दिन में लिख दिया था।

प्रसिद्ध अमेरिकी उपन्यास लेखक अर्ल स्टैनली गार्डनर अपने करियर की शुरुआत में घटिया पत्रिकाओं के लिए कहानियाँ लिखते थे। पत्रिकाएँ उन्हें शब्दों के हिसाब से भुगतान देती थीं, इसलिए उनका लक्ष्य हर महीने दो लाख शब्द लिखने का होता था। इसी कारण वे हर घटना का अधिकतम वर्णन करते थे। गार्डनर के संपादक ने एक बार उनसे पूछा कि नायक जब खलनायक को गोली मारता है, तो खलनायक हमेशा रिवॉल्वर की आख़िरी गोली से ही क्यों मरता है। गार्डनर ने जवाब दिया, 'जब एक शब्द के तीन सेंट मिलते हैं, तो मैं जब भी धाँय लिखता हूँ, तो मुझे उस पर तीन सेंट मिलते हैं। अगर मैं पहली गोली में ही खलनायक को मार दूँ, तो पंद्रह सेंट की पाँच गोलियाँ बरबाद हो जाएँगी।' संपादक समझ गया कि गार्डनर का खलनायक आख़िरी गोली से ही क्यों मरता है।

पुरस्कार के लालच में ही आर्थर कॉनन डायल ने शरलॉक होम्स की कहानियाँ लिखीं। आर्थर कॉनन डायल ऐतिहासिक उपन्यासकार बनना चाहते थे, लेकिन उनके संयोग से लिखे जासूसी उपन्यास और कहानियाँ ज़्यादा लोकप्रिय थीं। *स्ट्रैंड* पत्रिका ने शरलॉक होम्स की पहली छह कहानियाँ 195 पौंड में ख़रीदीं। बारह कहानियाँ लिखने के

बाद डायल शरलॉक होम्स से उकता गए। उन्होंने कहा कि अब वे शरलॉक होम्स की कहानियों के बजाय ऐतिहासिक उपन्यास लिखेंगे। उन्होंने स्ट्रैंड से कहा कि वे शरलॉक होम्स की अगली बारह कहानियाँ 1,000 पाउंड में लिखेंगे, जो पिछले पारिश्रमिक से ढाई गुना था। डायल को अंदाज़ा नहीं था कि द स्ट्रैंड इस प्रस्ताव को स्वीकार कर लेगी, लेकिन इसने उनकी शर्त मान ली और इस पुरस्कार के लालच में आर्थर कॉनन डायल ने शरलॉक होम्स की बारह और कहानियाँ लिखीं। ज़रा सोचें, अगर पुरस्कार का लालच नहीं होता, तो आज हमें शरलॉक होम्स की बेहतरीन जासूसी कहानियाँ पढ़ने का अवसर नहीं मिल पाता!

लक्ष्य तक पहुँचने का तेईसवाँ सिद्धांत

सकारात्मक नज़रिया रखें

'लोगों में बस थोड़ा-सा फ़र्क़ होता है,
लेकिन उस थोड़े फ़र्क़ से बड़ा फ़र्क़ पड़ता है।
थोड़ा फ़र्क़ है नज़रिया। बड़ा फ़र्क़ यह है कि यह
सकारात्मक है या नकारात्मक।'

– डब्ल्यू. क्लीमेंट स्टोन

विली नेल्सन के अनुसार 'जब आप नकारात्मक विचारों की जगह पर सकारात्मक विचार रख लेते हैं, तो आपको सकारात्मक परिणाम मिलने लगेंगे।' इसलिए लक्ष्य तक पहुँचने का तेईसवाँ सिद्धांत है : सकारात्मक नज़रिया रखें।

नकारात्मक सोच का एक और नाम 'वैलेन्डा फ़ैक्टर' है। कार्ल वैलेन्डा सर्कस में टाइटरोप पर चलने के लिए मशहूर थे। लेकिन एक दिन टाइटरोप से गिरने के कारण उनकी मौत हो गई। उनकी विधवा ने बाद में बताया, 'दुर्घटना के तीन महीने पहले से कार्ल गिरने के बारे में लगातार सोच रहे थे। मुझे लगता है कि उन्होंने अपनी

सारी ऊर्जा टाइटरोप पर चलने के बजाय उससे नहीं गिरने में लगा दी।'

जेफ़ केलर ने अपनी पुस्तक *एटीट्यूड इज़ एवरीथिंग* में लिखा है, 'अगर आप दिन में सिर्फ़ 10 सेकेंड सकारात्मक सोचते हों... और 16 घंटे नकारात्मक परिणामों के बारे में सोचते हों, तो ऐसी स्थिति में आप सकारात्मक परिणामों की उम्मीद नहीं कर सकते! थोड़ी-सी सकारात्मक सोच से सकारात्मक परिणाम नहीं मिलते हैं। ठीक उसी तरह, जैसे थोड़ी-सी डाइटिंग कारगर नहीं होती। मान लें, आप अपना वज़न कम करना चाहते हैं। अगर आप सुबह कम कैलोरी वाला स्वास्थ्यवर्धक नाश्ता करें... और इसके बाद दिन भर केक और आइसक्रीम पर भुक्खड़ों की तरह टूटते रहें, तो क्या होगा?'

डॉ. वेटली ने कहा है कि विजेता मनचाही चीज़ पर ध्यान केंद्रित करते हैं; पराजित अनचाही चीज़ पर ध्यान केंद्रित करते हैं। मनुष्य के दिमाग़ में दो घोड़े दौड़ते हैं, एक नकारात्मक दूसरा सकारात्मक। जिसको ज़्यादा ख़ुराक दी जाए, वही जीतता है।

निकोल्स की बात याद रखें, 'अपनी अंदरूनी बातचीत पर नज़र रखो और इसे अपने लक्ष्य के अनुरूप होने दो।' यानी सकारात्मक शब्द बोलें और संकल्प कथनों का इस्तेमाल करें। नकारात्मक बातें नहीं बोलें, क्योंकि अगर आप नकारात्मक बोतें बोलते या सुनते हैं, तो वे आपके अवचेतन मन में पहुँच जाती हैं। इसीलिए आपको नकारात्मक मानसिकता वाले लोगों के साथ नहीं रहना चाहिए। अपने शब्दों को यथासंभव सकारात्मक रखें। आपको ज़बर्दस्त, अद्भुत, शानदार, बेहतरीन और ज़ोरदार

जैसे शब्दों का इस्तेमाल करना ज़्यादा अच्छा रहेगा? जॉर्ज पी. बर्नहैम ने कहा है, '"मैं इसे नहीं कर सकता" से आज तक कभी कोई चीज़ हासिल नहीं हुई; "मैं कोशिश करूँगा" से चमत्कार हो गए हैं।'

स्टीव कार्लटन सेंट लुइस कार्डिनल्स के लिए पिचिंग करते थे और वे असफल हो रहे थे। तभी उन्हें एक प्रशंसक की प्रेरक चिट्ठी मिली और उस चिट्ठी ने वह चिंगारी पैदा कर दी, जिसकी वजह से उनका सीज़न बहुत बढ़िया हो गया। प्रशंसक ने उन्हें लिखा था कि उनमें ज़बर्दस्त प्रतिभा है, लेकिन वे खेल के मैदान में सकारात्मक तरीक़े से नहीं सोच रहे थे।

'यह बड़ी सुंदर बात थी,' स्टीव कार्लटन ने कहा। 'इसने स्थिति के बारे में मेरा पूरा नज़रिया बदल दिया।' उस चिट्ठी ने उत्साहहीन पिचर को सचमुच प्रेरित कर दिया होगा, क्योंकि इसे पढ़ने के बाद उन्होंने उस साल अपने आख़िरी पाँच मैचों में से चार जीते और फिर अगले सीज़न में उनतीस जीतों का रिकॉर्ड बनाया।

आपकी एकाग्रता का क्षेत्र ही यह तय करता है कि जीवन में आपको क्या मिलता है। अवसरों पर ध्यान केंद्रित करेंगे, तो आपको अवसर मिलेंगे। बाधाओं पर ध्यान केंद्रित करेंगे, तो आपको बाधाएँ मिलेंगी। सबसे अच्छा तो यह है कि आप सकारात्मक मानसिकता से अपनी निगाह लक्ष्य पर रखें और उसकी ओर लगातार आगे बढ़ते रहें। चार्ल्स पी. नोबल ने कहा है, 'आपके पास दीर्घकालीन लक्ष्य होने चाहिए, ताकि आप अल्पकालीन असफलता से कुंठित नहीं हों।'

अग्रणी व्यवहारवादी शोधकर्ता बताते हैं कि हमारे 77 प्रतिशत विचार नकारात्मक या हानिकारक होते हैं – जो हमारे ख़िलाफ़ काम करते हैं। हमारा मस्तिष्क नकारात्मक चीज़ों में ज़्यादा रुचि लेता है, क्योंकि हमारे दिमाग़ की वायरिंग नकारात्मक चीज़ों पर ग़ौर करने के लिए हुई है। इस वायरिंग का उद्देश्य आत्मरक्षा है और चूँकि नकारात्मक चीज़ों से ज़्यादा जोख़िम होता है, इसलिए मनुष्य स्वभाव से ही नकारात्मक चीज़ों में रुचि रखता है। लेकिन लक्ष्य के मामले में हमें सकारात्मक होना चाहिए। रेनुआ जब आर्थ्राइटिस के कारण पेंटिंग नहीं बना पा रहे थे, तो उन्होंने ब्रश को अपनी बाँह पर बाँधकर पेंटिंग की। लक्ष्य तक पहुँचने का सकारात्मक नज़रिया इसी को कहते हैं!

एडमंड बर्क की सलाह पर ग़ौर करें, 'कभी हताश नहीं हों; लेकिन अगर हों, तो हताशा में भी काम करते रहें।' यदि आप स्थिति से ख़ुश नहीं हैं, तो उसके बारे में कुछ करें। जब प्रथम विश्व युद्ध के बाद चेकोस्लोवाकिया की मुद्रा का 75 प्रतिशत अवमूल्यन हुआ, तो देश की अर्थव्यवस्था चरमरा गई। राष्ट्रीय अर्थव्यवस्था की नाज़ुक हालत को देखते हुए बाटा ने विदेशों में व्यवसाय शुरू किया और यह बहुराष्ट्रीय कंपनी बन गई। अगर देश की अर्थव्यवस्था नहीं चरमराती, तो बाटा का कारोबार सिर्फ़ चेकोस्लोवाकिया में ही चलता और यह कभी अन्य देशों में क़दम नहीं रख पाती। इस तरह हम देखते हैं कि बाटा ने सकारात्मक मानसिकता रखते हुए एक चुनौती को अवसर में बदल लिया!

जैसा जॉइस मेयर ने कहा है, 'सकारात्मक जीवन और नकारात्मक मस्तिष्क – ये दोनों चीज़ें एक साथ नहीं हो

सकतीं।' स्कॉटलैंड के राजा रॉबर्ट द ब्रूस अंग्रेज़ों से हारकर एक गुफा में छिप गए। वहाँ उन्होंने एक छोटी मकड़ी को जाल बुनते देखा। छह बार हवा ने उसके बुने जाल को नष्ट कर दिया, लेकिन वह मकड़ी लगन से जुटी रही और सातवीं बार कामयाब हुई। इससे राजा को भी दोबारा कोशिश करने का हौसला मिला। इस सकारात्मक विश्वास के साथ काम करें कि अगर आप बार-बार कोशिश करेंगे, तो आपकी सफलता तय है।

सर एडमंड हिलेरी माउंट एवरेस्ट के शिखर पर पहुँचने में तीन बार असफल रहे, लेकिन उन्होंने शिखर की तसवीर को देखकर कहा, 'तुमने मुझे एक बार हरा दिया। तुमने मुझे दो बार हरा दिया। तुमने मुझे तीन बार हरा दिया। लेकिन पहाड़, किसी दिन मैं तुम पर विजय पा लूँगा, क्योंकि तुम इससे ज़्यादा बड़े नहीं बन सकते हो, लेकिन मैं बन सकता हूँ।' और इस सकारात्मक मानसिकता के चलते उन्होंने सचमुच माउंट एवरेस्ट पर विजय पा ली।

लक्ष्य तक पहुँचने का चौबीसवाँ सिद्धांत

आत्मविश्वास रखें

'आत्मविश्वास सफलता का प्रथम रहस्य है।'

– रैल्फ़ वॉल्डो इमर्सन

एल्विस प्रैज़्ली के एक अरब से ज़्यादा रिकॉर्ड बिक चुके हैं, लेकिन रोचक बात यह है कि उनके पहले प्रदर्शन के बाद उनके मैनेजर ने उनसे कहा था, 'तुम कहीं नहीं पहुँच पाओगे, बेटा। तुम्हें दोबारा ट्रक चलाना चाहिए।' सौभाग्य से प्रैज़्ली ने उनकी बात अनसुनी करके अपनी अंतरात्मा की बात पर भरोसा किया। इसीलिए लक्ष्य तक पहुँचने का चौबीसवाँ सिद्धांत है : आत्मविश्वास रखें।

एक युनिवर्सिटी में छह सौ विद्यार्थियों का सर्वे किया गया। उनसे पूछा गया कि उनकी सबसे मुश्किल व्यक्तिगत समस्या कौन-सी है। 75 प्रतिशत का जवाब था : आत्मविश्वास की कमी।

आपको ख़ुद पर कितना विश्वास है? देखिए, यह हर क्षेत्र में अलग-अलग होता है। लेखन के क्षेत्र में मुझमें बहुत आत्मविश्वास है, लेकिन साफ़-सफ़ाई के मामले में

काफ़ी कम है। अहम प्रश्न यह है कि जिस क्षेत्र में आपने लक्ष्य बनाया है, उसमें आपको ख़ुद पर कितना विश्वास है।

1923 में न्यू यॉर्क के प्रोटेक्टिव गारमेंट कॉरपोरेशन के मुखिया डब्ल्यू. एच. मर्फ़ी जनता के सामने खड़े हुए। उन्होंने अपने एक सहयोगी से दस फ़ुट दूर से अपने सीने पर गोली चलाने को कहा। वे यह साबित करना चाहते थे कि उनकी बुलेटप्रूफ़ जैकेट कारगर है – उन्हें इसके कारगर होने पर इतना विश्वास था कि उन्होंने इसकी ख़ातिर अपनी जान दाँव पर लगा दी!

अगर आपमें इस समय ज़्यादा आत्मविश्वास नहीं है, तो चिंता की कोई बात नहीं है। आप आत्मविश्वास उत्पन्न कर सकते हैं और इसका सबसे आसान उपाय है, सफलता की फ़ाइल/डायरी बनाएँ। इस फ़ाइल में अपनी छोटी-बड़ी सफलताएँ दर्ज करते जाएँ – पुरानी भी और नई भी। जैसे ही आपको कोई नई सफलता मिले, उसे इस फ़ाइल में लिख लें। यह आत्मविश्वास बढ़ाने का अचूक तरीक़ा है, क्योंकि इस फ़ाइल को देखने-पढ़ने से आपको यक़ीन हो जाएगा कि आप पहले सफल हो चुके हैं, इसलिए आप दोबारा भी सफल हो सकते हैं। एक बेहद सफल रियल एस्टेट सेल्सवुमैन ने सफलता की ऐसी ही फ़ाइल बनाई थी और हर दिन ग्राहकों से मिलने से पहले वह सफलता की इस फ़ाइल को पढ़ती थी, जिसके बाद उसका आत्मविश्वास सातवें आसमान पर होता था। आप भी सफलता की फ़ाइल तैयार करके अपना आत्मविश्वास बढ़ा सकते हैं।

सफल लोग वे होते हैं, जो कुछ करने से पहले अपनी मनचाही सफलता के पुराने अनुभव याद करते हैं, उनके बारे में सोचते हैं या उनके मानसिक चित्र देखते हैं। दूसरी तरफ़,

असफल लोग कुछ करने से पहले अपनी 'असफलता के पुराने अनुभव' याद करते हैं, उनके बारे में सोचते हैं और उनके मानसिक चित्र देखते हैं।

एडिसन बिजली के बल्ब पर हज़ारों असफल प्रयोगों के बावजूद आत्मविश्वास से इसलिए जुटे रहे, क्योंकि उनके पास सफलता का पुराना रिकॉर्ड था, इसीलिए वे असफलता के बावजूद लगे रहे, जबकि दूसरे वैज्ञानिकों ने कुछ कोशिशों के बाद हार मान ली। आत्मविश्वास हासिल करने का एक सरल तरीक़ा यह है : समस्याओं नहीं, संभावनाओं पर ध्यान केंद्रित करें। जैसा डॉ. प्रेस्टन ब्रैडली ने कहा है, 'विजय की आशा करेंगे, तो विजय मिल जाएगी।'

लक्ष्य तय करने की प्रक्रिया में आप अतीत, वर्तमान और भविष्य तीनों से लाभ ले सकते हैं। अतीत से लाभ लेने का तरीक़ा वही है, जो हम पहले बता चुके हैं : सफलता की फ़ाइल बनाएँ और उसे बार-बार पढ़कर सोचें कि आप अतीत में इतने सफल हुए हैं, इसलिए आप आगे भी सफल हो सकते हैं। इससे आपका आत्मविश्वास बढ़ेगा। भविष्य से लाभ लेने का तरीक़ा यह है कि आप अपनी मनचाही सफलता का मानसिक चित्र देखें। आप सफल होने के बाद क्या करेंगे, जैसे ट्रॉफ़ी उठाना या कार ख़रीदना या अपने क्षेत्र में नंबर वन बनना या ऐसी ही कोई दूसरी चीज़। वर्तमान से लाभ लेने का तरीक़ा यह है कि आप वर्तमान में अपने पास मौजूद चीज़ों के लिए कृतज्ञ हों! याद रखें, जीवन में आप जिस चीज़ के लिए कृतज्ञ होते हैं, वह आपके जीवन में बढ़ती है। इस तरह आप अतीत, वर्तमान और भविष्य तीनों से लाभ लेकर अपने लक्ष्य के संदर्भ में अपना आत्मविश्वास बढ़ा सकते हैं। क्रिश्चियन बोवी का

यह कथन याद रखें, 'चाहे जिस पर भी शंका करें, बस कभी ख़ुद पर शंका नहीं करें।'

हेनरी थोरो के अनुसार, 'लोग असफल नहीं, सफल होने के लिए पैदा होते हैं।' मशहूर कवयित्री सिल्विया प्लाथ ने अपनी माँ को पत्र में लिखा था, 'मैं जीनियस लेखिका हूँ... मैं अपने जीवन की सर्वश्रेष्ठ कविताएँ लिख रही हूँ; वे मुझे मशहूर कर देंगी।' उनकी बात बाद में सच साबित हुई। लेखिका गरट्रूड स्टाइन में तो इतना ज़्यादा आत्मविश्वास था कि उन्होंने एक बार बहुत बड़ी बात बोल दी थी, 'बताओ तो सही, शेक्सपियर और मेरे सिवा अंग्रेज़ी साहित्य में और कौन महान लेखक हुआ है?' इसी तरह एक बार हवाई अड्डे पर ऑस्कर वाइल्ड से कस्टम अधिकारी ने पूछा कि क्या वे किसी चीज़ की घोषणा करना चाहते हैं। उनका जवाब था, 'मैं अपने जीनियस को छोड़कर किसी चीज़ की घोषणा नहीं कर सकता।'

12 वर्ष की उम्र में मुहम्मद अली ने ठान लिया था कि वे दुनिया के महानतम बॉक्सर बनेंगे। अपने प्रतिद्वंद्वियों का मनोबल कम करने के लिए वे अक्सर कहते थे, 'मैं सबसे महान हूँ!' जब यह डींग सुनते-सुनते एक साथी चिढ़ गया, तो उसने पूछा, 'तुम गोल्फ़ में कैसे हो?' मुहम्मद अली ने तुरंत जवाब दिया, 'मैं सर्वश्रेष्ठ हूँ, हालाँकि मैं अब तक कभी गोल्फ़ नहीं खेला हूँ।' यही आत्मविश्वास है!

जब कोई क़र्ज़दार जॉन डी. रॉकेफ़ेलर से अपने पैसे वापस लेने आता था, तो रॉकेफ़ेलर कंगाली के दौर में भी झटके से अपनी चेकबुक निकाल लेते थे। वे पूछते थे, "आप क्या ज़्यादा पसंद करेंगे – नक़द पैसे या स्टैंडर्ड ऑइल के शेयर?" रॉकेफ़ेलर इतने आत्मविश्वासी नज़र

आते थे कि लगभग सभी क़र्ज़दार शेयरों को ही चुनते थे।

पाब्लो पिकासो की माँ बचपन में उनसे कहती थीं, 'अगर तुम सैनिक बनते हो, तो तुम अंततः सेनापति बनोगे। अगर तुम संन्यासी बनते हो, तो तुम अंततः पोप बनोगे।' उनकी इस बात से पिकासो में ज़बर्दस्त आत्मविश्वास आ गया कि वे जिस भी क्षेत्र में जाएँगे, उसमें शिखर पर पहुँचेंगे और अंततः वे सचमुच संसार के सबसे अमीर और सफल पेंटर बन गए।

लक्ष्य तक पहुँचने का पच्चीसवाँ सिद्धांत

चेतन मन का पूरा लाभ लें

'विचार चुंबकीय होते हैं और विचारों की एक फ्रीक्वेन्सी होती है। जब आप सोचते हैं, तो वे विचार ब्रह्मांड की ओर संप्रेषित हो जाते हैं और चुंबक की तरह समान फ्रीक्वेन्सी की सभी चीज़ों को आकर्षित करते हैं।'

– चार्ल्स हानल

आप किस क्षेत्र में कितने सफल होते हैं, यह आपके चेतन मन द्वारा बनाए गए लक्ष्यों पर निर्भर करता है (चेतन मन का अर्थ है, आपका विचारशील, सोचने वाला, तार्किक मस्तिष्क।) अगर चेतन मन आर्थिक लक्ष्य बनाता है, तो यह उसी के बारे में ज़्यादा से ज़्यादा विचार सोचेगा और उस लक्ष्य को साकार करने के तरीक़े सोचने में जुट जाएगा। इसीलिए लक्ष्य तक पहुँचने का पच्चीसवाँ सिद्धांत है : चेतन मन का पूरा लाभ लें।

एक दिन प्रयोगशाला में काम करते समय पर्सी स्पेंसर की जेब में रखी कैंडी बार पिघल गई। ऐसा कई लोगों के

साथ हो चुका था, लेकिन पर्सी स्पेंसर पहले व्यक्ति थे, जिन्होंने इसका तार्किक कारण खोजा। फिर उन्होंने चेतन मन से यह विचार किया कि अपनी खोज से वे क्या आविष्कार कर सकते हैं और इस तरह उन्होंने पहला माइक्रोवेव ओवन बना दिया। यह चेतन मन की शक्तियों के पूरे इस्तेमाल का अच्छा उदाहरण है।

सरल भाषा में कहें, तो चेतन मन बॉस होता है; अवचेतन मन आज्ञाकारी कर्मचारी होता है। चेतन मन बताता है कि क्या करना है; अवचेतन मन सबसे उपयुक्त तरीक़ा खोजकर काम कर देता है। यानी चेतन मन निर्णय लेता है, अवचेतन मन उस निर्णय पर काम करता है।

हेनरी फ़ोर्ड से जब पूछा गया कि विचार कहाँ से आते हैं, तो उन्होंने डेस्क पर रखी प्याली को उल्टा करके कहा, 'आप जानते हैं कि वातावरण इस चीज़ पर चौदह पौंड प्रति वर्ग इंच की दर से दबाव डाल रहा है। आप इसे देख नहीं सकते हैं, महसूस नहीं कर सकते हैं, लेकिन आप जानते हैं कि यह हो रहा है। यही विचारों के साथ होता है। वे हवा में भरे हुए हैं। वे आपके सिर पर दस्तक दे रहे हैं। आपको तो सिर्फ़ यह पता लगाना है कि आप क्या चाहते हैं, फिर इसके बारे में भूल जाएँ और अपना काम करते रहें। अचानक आपका मनचाहा विचार आपके दिमाग़ में आ जाएगा। यह पूरे समय वहीं मौजूद था।' यानी विचार आपके आस-पास सारे समय मौजूद रहते हैं, लेकिन आप उन्हें सिर्फ़ तभी पकड़ पाते हैं, जब आप उन विचारों की फ़्रीक्वेंसी पर लक्ष्य बनाते हैं। इसीलिए स्पष्ट लक्ष्य बनाना, हर दिन लक्ष्य को याद करना और लक्ष्य पर काम करना महत्त्वपूर्ण है।

हम जानते हैं कि हर टेलीविज़न चैनल की एक फ्रीक्वेन्सी होती है और उस फ्रीक्वेन्सी पर चैनल सेट करने पर हमें अपने टेलीविज़न पर तसवीरें दिखने लगती हैं। हम चैनल चुनकर फ्रीक्वेन्सी चुनते हैं। यानी अगर आपने टेलीविज़न पर सोनी चैनल लगा रखा है, तो आपको वही दिखाई देगा, जो सोनी की फ्रीक्वेन्सी पर चल रहा है। चूँकि लक्ष्य आप तय करते हैं, इसलिए एक तरह से यह भी आप ही तय करते हैं कि आप अपने जीवन का टेलीविज़न किस चैनल पर देखने जा रहे हैं। आपकी मर्ज़ी हो तो अच्छे स्वास्थ्य का चैनल चुन लें। आपकी मर्ज़ी हो तो लोकप्रियता या दौलत का चैनल चुन लें। बस इतना ध्यान रखें कि सिर्फ़ एक ही चैनल चुनें। जिस तरह आप अपने घर में टेलीविज़न पर एक साथ आठ-दस चैनल नहीं देखते हैं, उसी तरह आपको एक समय में एक ही लक्ष्य रखना चाहिए।

मान लें, आपने अच्छे स्वास्थ्य का लक्ष्य चुना है। इस लक्ष्य के बारे में जब आप दिन भर सोचते रहेंगे, तो आपके दिमाग़ में नए न्यूरॉन कनेक्शन बन जाएँगे, जो आपको लक्ष्य के बारे में नए-नए विचार बताएँगे। न्यूरॉन कनेक्शन मतलब शॉर्टकट। भारत की शकुंतला देवी जटिल गणनाएँ पलों में इसलिए कर लेती हैं, क्योंकि उनके दिमाग़ में गणित संबंधी शॉर्टकट बने हुए हैं, क्योंकि वे लगातार गणित के बारे में ही सोचती रहती हैं। आप जिस भी क्षेत्र में ज़्यादा सोच-विचार करते हैं, चेतन मन में उस क्षेत्र से संबंधित न्यूरॉन कनेक्शन बन जाते हैं, जिनकी वजह से आप चुटकियों में वह काम कर लेते हैं, जिसमें बाक़ी लोगों को ज़्यादा समय लगता है। याद रखें, जिस मांसपेशी की आप कसरत करते हैं, समय के साथ वही मज़बूत बनती है।

चेतन मन की कार्यप्रणाली ऐसी है कि हमारे मन में लक्ष्य को साकार करने वाले विचार अपने आप आ जाते हैं, जैसे हमें किसी बातचीत से कोई विचार मिल जाता है या रेडियो-टी.वी. के किसी कार्यक्रम से कोई नई चीज़ पता चलती है, जो हमारे लक्ष्य तक पहुँचने या सफल होने में मदद कर सकती है। जेफ़ बेज़ोस कंप्यूटर संबंधी कोई नया व्यवसाय शुरू करने के बारे में सोच रहे थे। एक दिन उन्होंने एक पत्रिका में पढ़ा कि इंटरनेट हर साल 2,300 प्रतिशत की दर से बढ़ रहा है। लक्ष्य से संबंधित इस एक जानकारी की बदौलत उन्होंने अपनी नौकरी छोड़कर एमेज़ॉन की स्थापना कर दी।

चेतन मन के विचारों को लिखने के लिए पेन और डायरी हमेशा पास रखें। आप चाहें, तो गूगल कीप एप में भी विचार लिख सकते हैं। देखिए, अगर चेतन मन आपके लक्ष्य के बारे लगातार सोचता है, तो आपके मन में बहुत से विचार आएँगे। जब आप चेतन मन को लक्ष्य के विचारों से सराबोर कर लेंगे, तो आपका अवचेतन मन भी आपकी मदद करेगा, जैसा आप अगले अध्याय में देखेंगे। लेकिन यह याद रखें कि विचारों की भी एक्सपायरी डेट होती है, इसलिए विचार आते ही उन्हें लिख लें, वरना आप उन्हें भूल जाएँगे। मशहूर उपन्यास *लोलिता* के लेखक व्लादिमिर नाबाकोव रात को अपने तकिये के नीचे कार्ड रखते थे, ताकि वे मन में आने वाले विचारों को लिख सकें। आपको भी ऐसा ही करना चाहिए।

आपकी सुविधा के लिए आगे बताया गया है कि चेतन मन को सबसे ज़्यादा प्रभावित करने वाले सिद्धांत कौन से हैं, जिन पर इस पुस्तक में चर्चा की गई है :

चेतन मन को प्रभावित करने वाले सिद्धांत

सिद्धांत क्रमांक	शीर्षक
1.	एक समय में एक ही लक्ष्य रखें
2.	24 घंटे का लक्ष्य बनाएँ
3.	स्पष्ट लक्ष्य बनाएँ
7.	न्यूटन के पहले नियम का लाभ लें
8.	टिपिंग पॉइंट तक तेज़ी से काम करें
11.	काइज़ेन नीति अपनाएँ
12.	योजना बनाएँ
13.	समीक्षा करें
14.	परिवेश को लक्ष्य के अनुकूल बनाएँ
16.	टाइम मैनेजमेंट सीखें
19.	आइंस्टाइन के सिद्धांत की मदद लें
22.	लक्ष्य के साथ कोई पुरस्कार जोड़ दें
28.	वही करें, जो एडिसन करते थे

लक्ष्य तक पहुँचने का छब्बीसवाँ सिद्धांत

अवचेतन मन का पूरा लाभ लें

'ईश्वर ने हमें एक मस्तिष्क दिया है और यह हमें बचाने वाली एकमात्र चीज़ है। सभी जीवों के पास कोई न कोई लाभ, चालाकी, पंजे, छल, ज़हर, गति या कोई न कोई चीज़ होती है, जिससे उन्हें बचे रहने में मदद मिलती है। हमारे पास सिर्फ़ मस्तिष्क है। इसलिए अपने मस्तिष्क का इस्तेमाल करना हमारा कर्तव्य है।'

–जॉर्ज ल्यूकास

आपका अवचेतन मन विचारों को शून्य से उठाकर आपके चेतन मन में ला सकता है। इसके लिए आपको बस इतना करना है कि आप किसी लक्ष्य के बारे में लगातार सोचें और अपने चेतन मन को उस लक्ष्य के विचारों से पूरी तरह भर लें। फिर आपको यह विश्वास रखना है कि इसके बाद लक्ष्य तक पहुँचाने का रास्ता आपका अवचेतन मन बता देगा। इसलिए लक्ष्य तक पहुँचने का छब्बीसवाँ सिद्धांत है : अवचेतन मन का पूरा लाभ लें।

स्टेफ़नी मेयर ने ट्वाइलाइट उपन्यास का प्लॉट सपने में देखा, जिसमें एक वैम्पायर लड़का और एक इंसानी लड़की जंगल में बैठकर अपने प्रेम के जोखिमों पर बात कर रहे थे। उन्होंने इसी प्लॉट पर ट्वाइलाइट उपन्यास लिख दिया, जो बेस्टसेलर साबित हुआ।

कॉलरिज ने अपनी मशहूर कविता *कुबला ख़ान* एक सपने में देखी, जिसे वे जागते ही लिखने लगे। दुर्भाग्य से कुछ पंक्तियाँ लिखने के बाद ही किसी आगंतुक ने उनका ध्यान भंग कर दिया और बाद में कॉलरिज आगे की पंक्तियाँ भूल गए। नॉर्वे के नोबेल पुरस्कार विजेता लेखक न्यूट हैमसन रात को अपने बिस्तर के पास पेंसिल-काग़ज़ रखते थे और जब उन्हें सपने में या सोते-सोते कोई विचार आता था, तो वे उसे लिख लेते थे।

अवचेतन मन सिर्फ़ साहित्यिक क्षेत्र में ही मदद नहीं करता है। यह वैज्ञानिक क्षेत्र में भी इतना ही मददग़ार होता है। उन्नीसवीं सदी के जर्मन केमिस्ट ऑगस्ट केकुले बेंज़ीन का स्ट्रक्चर खोजने के लिए जूझ रहे थे, क्योंकि इसमें कार्बन और हाइड्रोजन अणुओं का विचित्र अनुपात था। 1865 में एक रात को जब उन्हें कोई समाधान नहीं मिला, तो वे अपनी कुर्सी आग के पास सरकाकर झपकी लेने लगे। सपने में उन्होंने अणुओं को नाचते देखा, जिन्होंने एक साँप का आकार बनाया, जो अपनी ख़ुद की पूँछ खाने लगा। जागने पर केकुले को अहसास हुआ कि यही बेंज़ीन का स्ट्रक्चर दर्शाने वाली तसवीर है। ध्यान रहे, अवचेतन मन उसी समस्या को सुलझाता है, जिस पर चेतन मन काम कर रहा हो। यानी जब चेतन मन किसी प्रबल विचार से पूरी तरह भर जाता है, तो अवचेतन मन सक्रिय होकर समस्या को

सुलझा देता है। शर्त यह है कि आपको चेतन मन को प्रबल विचार से भरना होगा।

इसी तरह दिमित्री मेंडलीव ने 1869 में सभी तत्वों के नाम कार्ड पर लिख लिए, लेकिन काफ़ी कोशिशों के बावजूद वे इसे किसी तार्किक टेबल में नहीं जमा पा रहे थे। एक रात को सपने में उन्होंने एक टेबल देखी, 'जहाँ सारे तत्व सही जगह पर पहुँच गए। जागने पर मैंने इसे तुरंत काग़ज़ पर लिख लिया।'

लुइस अगैसिज़ मछली की प्रजातियों पर विश्व के अग्रणी विशेषज्ञ थे। वे दो सप्ताह से एक फ़ॉसिल फ़िश की संरचना को समझने की कोशिश कर रहे थे। अगैसिज़ की पत्नी के अनुसार उनके पति ने तीन रातों तक लगातार सपने में उस फ़ॉसिल मछली की संरचना देखी, लेकिन पहली दो रातों का सपना उन्हें याद नहीं रहा। तीसरी रात सोने से पहले उन्होंने अपने बिस्तर के पास पेंसिल-काग़ज़ रख लिया। जब उन्होंने सपना देखा, तो उन्होंने तुरंत जागकर उसकी आकृति काग़ज़ पर बना ली। सुबह उठकर उन्होंने उसी आकृति के अनुसार चट्टानी सतह की खुदाई की। उसके नीचे मछली के बचे हुए हिस्से छिपे थे और इसकी संरचना सचमुच सपने के अनुरूप ही निकली।

कहा जाता है कि आइंस्टाइन का सापेक्षतावाद का सिद्धांत भी उन्हें सपने में दिखा था। एक दिन उन्होंने गायों के बारे में सपना देखा, जो बिजली की फ़ेंस से बचने के लिए एक साथ कूदती हैं, लेकिन मैदान के दूसरे छोर पर खड़े किसान को वे एके-एक करके कूदती दिखती हैं। इसी विचार से उन्हें सापेक्षतावाद का विचार मिला, जिसका सार यह था कि आपके खड़े होने की जगह के हिसाब से घटनाएँ

अलग दिखती हैं और ऐसा इस कारण होता है, क्योंकि प्रकाश आपकी आँखों तक अलग-अलग समय पहुँचता है। इसी तरह 1953 में डॉ. जेम्स वाटसन ने एक सपने में घुमावदार सीढ़ियाँ देखीं, जिस आधार पर उन्होंने डीएनए की घुमावदार दोहरी संरचना का विचार दिया और 1962 का नोबेल पुरस्कार जीत लिया।

एलाइस हाव सिलाई मशीन के अमेरिकी आविष्कारक हैं। एलाइस हाव ने सिलाई मशीन का डिज़ाइन तो सोच रखा था, लेकिन उन्हें सुई के छेद की जगह तय करने में मुश्किल आ रही थी। एक रात उन्हें एक सपना आया। एक अजनबी देश के राजा ने सिलाई मशीन नहीं बनाने के कारण उन्हें मृत्युदंड दे दिया और उसके सैनिक उन्हें भालों से मारने ले जा रहे थे। हाव ने सपने में देखा कि सभी सैनिकों के भालों में सिर के पास छेद था। यह देखकर हाव तुरंत जाग गए और उन्हें अहसास हुआ कि यही उनकी समस्या का समाधान है। सुबह नौ बजे तक उन्होंने पहली सिलाई मशीन का डिज़ाइन तैयार कर लिया।

गूगल मैप की तरह ही जब आप अपने अवचेतन मन पर अपना लक्ष्य अंकित कर देते हैं, तो यह अपने आप उस लक्ष्य तक पहुँचने के कई रास्ते खोज लेता है और आपको सबसे अच्छे रास्ते पर ले जाता है। अवचेतन मन आपको घटनाओं, स्वप्न या किसी अन्य माध्यम से संकेत भेजता है कि आपको किस दिशा में जाना है। आपको तो बस लक्ष्य बनाने के बाद अवचेतन मन के संकेतों के प्रति जागरूक रहना है। अवचेतन मन गाइडेड मिसाइल की तरह आपको लक्ष्य तक पहुँचने का सबसे सीधा, आसान और सुनिश्चित मार्ग बता सकता है।

आपकी सुविधा के लिए नीचे बताया गया है कि अवचेतन मन को सबसे ज़्यादा प्रभावित करने वाले सिद्धांत कौन से हैं, जिन पर इस पुस्तक में चर्चा की गई है :

अवचेतन मन को प्रभावित करने वाले सिद्धांत

सिद्धांत क्रमांक	शीर्षक
15.	मानसिक चित्र देखें
20.	ज़िद करें
21.	जोश और जुनून रखें

आपकी सुविधा के लिए नीचे बताया गया है कि चेतन और अवचेतन दोनों को प्रभावित करने वाले सिद्धांत कौन से हैं, जिन पर इस पुस्तक में चर्चा की गई है :

चेतन और अवचेतन दोनों को प्रभावित करने वाले सिद्धांत

सिद्धांत क्रमांक	शीर्षक
4.	लक्ष्य को लिख लें
5.	लक्ष्य को हर समय याद रखें!
6.	लक्ष्य की दिशा में हर दिन कुछ करें
9.	डेडलाइन तय करें
27.	सृष्टि के संकेतों को समझें

लक्ष्य तक पहुँचने का सत्ताईसवाँ सिद्धांत

सृष्टि के संकेतों को समझें

'यह कोई संयोग नहीं है कि संगीतकार संगीतकार बनते हैं और इंजीनियर इंजीनियर बनते हैं; वे यही करने के लिए पैदा होते हैं। अगर आप अपने उद्देश्य को समझ सकें और सचमुच उसी दिशा में लक्ष्य तय कर सकें, तो जीवन ज़्यादा आसानी से प्रवाहित होता है।'

–जैक कैनफ़ील्ड

सृष्टि का सबसे प्रबल संकेत यह है कि जिस क्षेत्र में आप लक्ष्य को आसानी से, जल्दी और दूसरों से अच्छी तरह हासिल कर सकते हैं, आपको उसी दिशा में आगे जाना चाहिए, क्योंकि सृष्टि उस दिशा में आपकी ज़्यादा मदद करेगी। जैसे, अगर कोई विद्यार्थी जीवविज्ञान में अव्वल आता है, तो उसे जीवविज्ञान में आगे जाना चाहिए, क्योंकि यह सृष्टि का संकेत है। अगर आप रोज़मर्रा के जीवन में सृष्टि के संकेत समझना सीख लें, तो इससे आपको लक्ष्य बनाने में काफ़ी आसानी होगी। इसलिए लक्ष्य तक पहुँचने

का सत्ताईसवाँ सिद्धांत है : सृष्टि के संकेतों को समझें।

मशहूर बेडमिंटन खिलाड़ी गोपीचंद का एक प्रसंग बताता है कि सृष्टि के संकेत किस तरह काम करते हैं। गोपीचंद पढ़ने में ज़्यादा अच्छे नहीं थे, इसलिए उन्हें सेंट पॉल स्कूल में दाख़िला नहीं मिला। एक दिन सेंट पॉल स्कूल के वाइस प्रिंसिपल ने गोपी को स्टेडियम में बेडमिंटन खेलते देखा और वे इतने प्रभावित हुए कि उन्होंने गोपी को अगले दिन स्कूल में दाख़िला दे दिया। गोपी ने उसी साल अपने स्कूल के लिए बेडमिंटन की इंटर–स्कूल ट्रॉफ़ी जीती और सफलता की राह पर चल दिए।

जब आप कोई प्रबल लक्ष्य तय करते हैं, तो सृष्टि संकेत भेजकर बताती है कि आपको किस दिशा में जाना चाहिए। सानिया मिर्ज़ा को बचपन में टेनिस और स्केटिंग दोनों में मज़ा आता था और वे स्केटिंग में आगे जाना चाहती थीं, लेकिन एक दिन स्केटिंग करते वक़्त वे सिर के बल गिर गईं और बेहोश हो गईं। उस दिन से उनकी माँ ने उनकी स्केटिंग बंद कर दी और सानिया मिर्ज़ा ख़ुद लिखती हैं, 'रोलर–स्केटिंग छोड़ने का नतीजा यह हुआ कि अब मेरा पूरा ध्यान टेनिस पर केंद्रित हो गया। मेरी तक़दीर बागडोर सँभाल रही थी।'

प्रख्यात बास्केटबॉल कोच जॉन वुडेन मिनेसोटा में काम करना चाहते थे, लेकिन उन्होंने मिनेसोटा और यूसीएलए दोनों जगह कोच पद के इंटरव्यू दिए। वुडेन ने मिनेसोटा वालों से कहा कि अगर वे उन्हें कोच बनाना चाहते हों, तो शाम को छह बजे तक फ़ोन कर दें। उन्होंने यूसीएलए वालों से सात बजे फ़ोन करने को कहा। मिनेसोटा वालों ने सात बजे तक फ़ोन नहीं किया, इसलिए जब

यूसीएलए के लोगों ने सात बजे फ़ोन किया, तो वुडेन ने हाँ बोल दिया। जैसे ही उन्होंने फ़ोन रखा, मिनेसोटा वालों का फ़ोन आ गया; तूफ़ान आने की वजह से फ़ोन लाइनें ख़राब हो गई थीं, इसलिए वे उन्हें छह बजे फ़ोन नहीं कर पाए थे। मजबूरन वुडेन को यूसीएलए का कोच बनना पड़ा और बाद में उन्होंने इतिहास रच दिया। यह सृष्टि का संकेत था, जिसने उनकी अनिच्छा के बावजूद उन्हें सही रास्ता दिखाया।

संयोग किसी कारण से होते हैं। कारण यह है कि आपने उस चीज़ का लक्ष्य बनाया और परिणाम यह है कि सृष्टि ने आपको ऐसा संकेत दिया, जो उस लक्ष्य तक पहुँचने में आपकी मदद कर सकता है। अगर आपका लक्ष्य स्पष्ट और प्रबल है, तो आपको अप्रत्याशित रूप से मदद मिलेगी – या तो लोगों के माध्यम से या फिर पुस्तकों में आपको ठीक वही जानकारी मिल जाएगी, जिसकी आपको ज़रूरत है।

बीसवीं सदी की शुरुआत में एक लड़के ने फ़ोटोग्राफ़ी की पुस्तक मँगाने के लिए प्रकाशक को पच्चीस सेंट भेजे। प्रकाशक ने फ़ोटोग्राफ़ी के बजाय आवाज़ की बाज़ीगरी पर पुस्तक भेज दी। लड़के ने परिस्थिति से समझौता करके आवाज़ की बाज़ीगरी सीख ली। आगे चलकर वह एडगर बर्गेन के नाम से मशहूर हुआ और उसने चालीस साल तक चार्ली मैक्कार्थी नाम के कठपुतले से श्रोताओं का मनोरंजन किया।

कई बार सृष्टि संयोग से होने वाली ग़लती से भी सफलता दिलाती है। सर अलेक्ज़ेंडर फ़्लेमिंग लंदन में अपनी प्रयोगशाला में बैक्टीरिया संबंधी प्रयोग कर रहे थे। तभी

उनके कल्चर डिशेस पर फफूँद गिर गई, जिससे प्रयोग बर्बाद हो गया। जब वे इसे दूर फेंकने वाले थे, तो उन्होंने देखा कि फफूँद ने बैक्टीरिया को मार डाला था। उन्होंने बहुत ग़ौर से उस फफूँद की जाँच की। इस तरह उन्होंने पेनिसिलिन की खोज की, जिसकी वजह से उन्हें चिकित्सा के क्षेत्र में नोबेल पुरस्कार मिला।

ऐसा ही फ़ाइज़र कंपनी के साथ हुआ। फ़ाइज़र कंपनी एक रसायन पर प्रयोग करके देख रही थी कि क्या इससे हृदय रोग ठीक हो सकता है। परीक्षणों में पता चला कि इससे हृदय रोग ठीक नहीं हो सकता, लेकिन इसका साइड इफ़ेक्ट यह है कि इससे पुरुषों में इरेक्शन यानी शिथिल शिश्न की समस्या दूर हो जाती है। फ़ाइज़र ने संयोग से मिली इस जानकारी के आधार पर बाज़ार में वियाग्रा उतार दी, जो बहुत सफल हुई।

जॉन स्टाइनबैक का कुत्ता *ऑफ़ माइस ऐंड मेन* नामक पुस्तक की पांडुलिपि खा गया, जिसे उन्होंने आधा लिख लिया था। स्टाइनबैक ने एक दोस्त से कहा कि यह इस बात का संकेत है कि इस लघु उपन्यास को दोबारा लिखे जाने की ज़रूरत थी।

कार्लायल ने *फ़्रेंच रिवॉल्यूशन* की पांडुलिपि जॉन स्टुअर्ट मिल को पढ़ने को दी, लेकिन मिल की नौकरानी ने उससे आग जला ली। कार्लायल का उत्साह ठंडा पड़ गया। कुछ दिनों बाद उन्होंने खिड़की से देखा कि कुछ मज़दूर दीवारें खड़ी कर रहे हैं। इसे कार्लायल ने सृष्टि का संकेत माना, जो उन्हें बता रही थी कि उन्हें भी एक बार में एक-एक ईंट जमाना है। उन्होंने अपनी पुस्तक दोबारा लिखी, जो काफ़ी मशहूर हुई।

एल्विस प्रैज़्ली ग़रीब परिवार में पैदा हुए थे। 11 साल की उम्र में एल्विस साइकिल ख़रीदना चाहते थे, परंतु उनके माता-पिता के पास इतने पैसे नहीं थे, इसलिए एल्विस को गिटार से संतोष करना पड़ा। इस संयोग की वजह से उनका संगीत-प्रेम जाग्रत हुआ और वे आगे चलकर संगीत की दुनिया में सबसे ज़्यादा पैसे कमाने वाले गायक बने। ये प्रसंग बताते हैं कि आपको लक्ष्य तय करने के बाद सृष्टि के संकेत समझने में अपना पूरा दिमाग़ लगाना चाहिए, जो आपको बताती है कि लक्ष्य तक पहुँचने का सर्वश्रेष्ठ रास्ता कौन-सा है।

लक्ष्य तक पहुँचने का अट्ठाईसवाँ सिद्धांत

वही करें, जो एडिसन करते थे

'मैंने आठ साल की उम्र में अपने परिवार के सामने घोषणा कर दी थी कि मैं अभिनेत्री बनना चाहती हूँ और मैंने इस पर लेज़र बीम की तरह ध्यान केंद्रित किया। मेरे पास कोई दूसरी योजना थी ही नहीं।'

—जेनिफ़र कारपेंटर

अगर आपको पहला क़दम उठाने या काम शुरू करने में समस्या आ रही है, तो वही करें, जो थॉमस एडिसन करते थे। जब उनके मन में किसी आविष्कार का विचार आता था, तो वे पत्रकार वार्ता बुलाकर उसकी घोषणा कर देते थे। फिर वे अपनी प्रयोगशाला में जाकर उसका आविष्कार करने में जुट जाते थे। यदि आप अपनी योजना को सार्वजनिक कर दें, तो आप सामाजिक दबाव की वजह से उस पर अमल करने के लिए ज़्यादा समर्पित हो जाएँगे। इसलिए लक्ष्य तक पहुँचने का अट्ठाईसवाँ सिद्धांत है : वही करें, जो एडिसन करते थे।

वज़न कम करने वाले ज़्यादातर कार्यक्रमों में लोगों को सलाह दी जाती है कि वे अपने परिवार वालों या मित्रों को बता दें कि वे कितना वज़न कम करना चाहते हैं और उन्हें अपनी प्रगति की जानकारी देते रहें। शराब छोड़ने वालों को भी ऐसा ही करने की सलाह दी जाती है। क्यों? जब हम अपना लक्ष्य दूसरों को बताते हैं, तो हम उनके प्रति जवाबदेह बन जाते हैं, तब हमारी आन, बान और शान का सवाल आ जाता है। इसके अलावा, जब हम दूसरों को लक्ष्य बताते हैं, तो वे उन्हें हासिल करने में हमारा समर्थन कर सकते हैं। जब हमारे मन में हार मानने या कोशिश छोड़ने का प्रलोभन आएगा, तो वे हमारा हौसला बढ़ा सकते हैं। सार्वजनिक घोषणा की नीति इसलिए कारगर होती है, क्योंकि हम सभी दूसरों की नज़रों में गिरने से बचने और अपने अहं को बरक़रार रखने की कोशिश करते हैं। सार्वजनिक घोषणा दरअसल ख़ुद पर सामाजिक दबाव डालकर ख़ुद को प्रेरित करने की नीति है।

मैरी के ऐश का सेल्स करियर स्टेनली होम प्रॉडक्ट्स में शामिल होने पर शुरू हुआ। सेल्स करियर के पहले साल में वे सफल नहीं रहीं, यहाँ तक कि वे इसे छोड़ने का मन बना चुकी थीं। लेकिन तभी वे पहले स्टेनली सेल्स सेमिनार में गईं। उन्होंने लिखा है, 'वहाँ मैंने एक लंबी, छरहरी, सुंदर, सफल महिला को क्वीन का मुकुट पहनते देखा। यह मुकुट कंपनी की प्रतिस्पर्धा में अव्वल रहने का पुरस्कार था और मैंने ठान लिया कि अगले साल क्वीन मैं बनूँगी। हालाँकि यह असंभव लग रहा था, लेकिन मैंने निर्णय लिया कि मैं जाकर प्रेसिडेंट से बात करती हूँ और उन्हें बता देती हूँ कि मैं अगले साल क्वीन बनने का इरादा रखती हूँ।'

'मि. बीवरिज मुझ पर नहीं हँसे, बल्कि उन्होंने मुझसे नज़रें मिलाईं, मेरा हाथ थामा और बोले, "ना जाने क्यों मुझे भी लगता है कि आप ही क्वीन बनेंगी।" इन शब्दों ने मुझे प्रेरित कर दिया और अगले साल मैं ही क्वीन बनी।'

मशहूर प्रेरक वक्ता ज़िग ज़िग्लर ने भी सार्वजनिक ऐलान की इस नीति का इस्तेमाल करके ज़बर्दस्त सफलता पाई। जब ज़िग्लर अपनी बेस्टसेलर पुस्तक *सी यू एट द टॉप* लिख रहे थे, तो उन्होंने डाइटिंग करके अपना वज़न 202 पौंड से घटाकर 165 पौंड करने का फ़ैसला किया। पुस्तक में ज़िग्लर ने घोषणा कर दी कि उन्होंने अपना वज़न 165 पौंड कर लिया है। पुस्तक प्रेस में जाने से 10 महीने पहले ही उन्होंने यह ऐलान कर दिया और प्रिंटर को 25,000 प्रतियाँ छापने का ऑर्डर दे दिया! याद रहे, यह घोषणा करते वक़्त ज़िग्लर का वज़न 202 पौंड था। यानी उन्होंने 25,000 लोगों के सामने अपनी विश्वसनीयता दाँव पर लगा दी थी! यह घोषणा करते वक़्त ज़िग्लर जानते थे कि पुस्तक प्रकाशित होने तक उन्हें अपना वज़न 37 पौंड कम करना ही होगा। और उन्होंने ऐसा कर दिखाया!

आजकल सोशल मीडिया पर सार्वजनिक घोषणा करने के बहुत से विकल्प मौजूद हैं। इसके अलावा विशेष फ़ेसबुक पेज और वाट्सएप ग्रुप हैं, जिनमें आप समान रुचि वाले लोगों को अपने लक्ष्य बता सकते हैं। यानी आज अपने लक्ष्य लोगों को बताना जितना आसान है, उतना पहले कभी नहीं रहा। अगर आप किसी अच्छे ग्रुप के सदस्य बन जाते हैं, तो सकारात्मक लोग आपका इतना हौसला बढ़ाएँगे और ऐसे-ऐसे सकारात्मक सुझाव देंगे कि आप दंग रह जाएँगे।

अर्ल साइलेस टपर ने 21 साल की उम्र में घोषणा की, 'मैं 30 साल की उम्र तक मिलियनेअर बन जाऊँगा।' फिर उन्होंने धुँआधार प्रयोग किए और अपनी नोटबुकों में प्रयोगों के परिणाम लिखे। आख़िरकार टपर ने प्लास्टिक पर लगाने वाली अनूठी सील ईजाद की और इसके दम पर टपरवेयर प्रॉडक्ट्स बाज़ार में उतार दिए। जब कुछ सेल्सपीपल ने घर पर पार्टी देकर टपरवेयर प्रॉडक्ट्स की अच्छी बिक्री की, तो टपरवेयर कंपनी ने दुकानों से बेचना बंद करके डायरेक्ट सेलिंग का तरीक़ा चुना। टपर 30 साल की उम्र में तो मिलियनेअर नहीं बन पाए, लेकिन बाद में बन गए।

बस एक बात याद रखें : शुरू में अपनी योजना किसी को नहीं बताएँ। किसी भी बड़े काम की शुरुआत बहुत नाज़ुक होती है, क्योंकि शुरुआत ही सबसे मुश्किल होती है। जब आप टिपिंग पॉइंट यानी 51 प्रतिशत पर पहुँच जाते हैं, इसके बाद सफलता लगभग सुनिश्चित हो जाती है, लेकिन शुरुआत में अपनी योजना गोपनीय रखने में ही समझदारी है। चार्ल्स ब्रोअर के शब्दों को याद रखें, 'नया विचार नाज़ुक होता है। एक व्यंग्यात्मक मुस्कान या उबासी इसे मार सकती है; एक ताना इसे मौत के घाट उतार सकता है; सही व्यक्ति की भौंह की त्योरी इसका गला दबा सकती है।'

इसके अलावा, अपने लक्ष्य छोटी मानसिकता या नकारात्मक सोच वाले व्यक्तियों को नहीं बताएँ। ये लोग लक्ष्यों को पसंद नहीं करते, क्योंकि जीवन में उनका ख़ुद का कोई लक्ष्य नहीं होता। ना तो वे ख़ुद कुछ करते हैं, ना ही दूसरों को करने देना चाहते हैं। अगर आप दस तर्क देंगे कि आप क्यों सफल हो सकते हैं, तो वे आपके सामने

पचास तर्क रख देंगे कि आप क्यों सफल नहीं हो सकते। इसलिए छोटी मानसिकता या नकारात्मक सोच वाले लोगों को अपना लक्ष्य हर्गिज़ नहीं बताएँ, क्योंकि अगर उन्हें आपका लक्ष्य पता चल गया, तो वे आपकी हँसी उड़ाएँगे, आलोचना करेंगे और आपका आत्मविश्वास कम करने की कोशिश करेंगे।

लक्ष्य तक पहुँचने का उनतीसवाँ सिद्धांत

त्याग करने के लिए तैयार रहें

'जो कम हासिल करना चाहता है, उसे कम त्याग करना पड़ता है; जो ज़्यादा हासिल करना चाहता है, उसे ज़्यादा त्याग करना पड़ता है।'

–जेम्स एलन

जब आप ऐसा लक्ष्य चुन लें, जो सचमुच आपके लिए महत्त्वपूर्ण है, तो इसके बाद आपको यह ज़रूर तय करना चाहिए कि इसे हासिल करने के लिए आपको कितनी क़ीमत चुकानी पड़ेगी या क्या त्याग करना पड़ेगा। इसलिए लक्ष्य तक पहुँचने का उनतीसवाँ सिद्धांत है : त्याग करने के लिए तैयार रहें।

गायक लूचियानो पावरोट्टी ने एक इंटरव्यू में कहा था, 'क्या आप जानना चाहते हैं कि गायक बनने में सबसे मुश्किल चीज़ क्या है? यह जीवन के हर पल में अपनी इच्छाओं का त्याग करना है, हर पल। उदाहरण के लिए अगर बारिश हो रही है तो बाहर मत जाओ; यह खाओ, यह करो, हर दिन दस घंटे की नींद लो। गायक के जीवन

में बंधन ही बंधन हैं। आप घोड़े पर नहीं बैठ सकते। आप तैरने नहीं जा सकते।'

हम सभी जीवन में आसान काम करना चाहते हैं और न्यूनतम प्रतिरोध के मार्ग पर चलना चाहते हैं। जेरेमी बेंथम ने कहा था कि सुख पाना और दुख से बचना हर इंसान के दो मुख्य लक्ष्य हैं। आपके ज़्यादातर लक्ष्यों के पीछे भी इन्हीं दो में से एक कारण होगा। लेकिन दुख और सुख का अनुपात आपके जीवन में समान रहता है, बस समय का अंतर होता है। सफल व्यक्ति शुरुआत में कष्ट उठाता है और बाद में सुख से रहता है। असफल व्यक्ति शुरुआत में सुख से रहता है और बाद में कष्ट उठाता है। यह आपको तय करना है कि आप कब कष्ट उठाना चाहते हैं। कष्ट का मतलब है अनुशासन, कष्ट का मतलब है दिन-रात अभ्यास, कष्ट का मतलब है बहुत से त्याग, जो आपको लक्ष्य की ख़ातिर करने पड़ते हैं। आप अपने लक्ष्य की ख़ातिर त्याग करने के लिए तैयार हैं या नहीं, यही बिल गेट्स और भेरूलाल के बीच का फ़र्क़ होता है।

एक संगीत समारोह के बाद एक महिला ने वायलिन वादक से कहा, 'मैं इतना बढ़िया वायलिन बजाने के लिए अपनी आधी ज़िंदगी कुर्बान कर सकती हूँ।' वायलिन वादक का जवाब था, 'मैडम, मैंने ठीक यही किया है।' यानी क़ीमत पहले चुकाओ, पुरस्कार बाद में मिलेगा।

त्याग और अनुशासन के बारे में वायलिनवादक जैस्का हेफ़ेट्ज़ ने कहा है, 'हर दिन अभ्यास का अनुशासन अनिवार्य है। जब मैं एक दिन अभ्यास छोड़ता हूँ, तो मुझे अपने वादन में फ़र्क़ पता चलता है। दो दिन के बाद

समालोचकों को पता चलता है और तीन दिन बाद श्रोताओं को पता चल जाता है।'

एक वियतनामी दंपति हाउस्टन में एक छोटी बेकरी में न्यूनतम वेतन पर काम करते थे। बेकरी वाले ने उनसे कहा कि अगर वे तीस हज़ार डॉलर इकट्ठे कर लें, तो वह उन्हें बेकरी बेच देगा। यह उनका लक्ष्य बन गया। वे बेकरी के पीछे रहकर आटे के बोरों पर सोने लगे। उनके दोनों बच्चे सरकारी स्कूलों में पढ़ते थे। वे सुबह तीन बजे उठकर हर दिन 14-15 घंटे काम करते थे। दोनों ने मिलकर हर साल 8,000 डॉलर कमाए, जिसमें से 6,000 डॉलर वे बचा लेते थे। पाँच साल बाद आख़िरकार उन्होंने 30,000 डॉलर इकट्ठे करके बेकरी ख़रीद ली। आज वे बेकरीज़ की चेन के मालिक हैं। अगर उन्होंने अपने लक्ष्य की ख़ातिर त्याग नहीं किया होता, तो वे लक्ष्य तक नहीं पहुँच पाते। क्या आप अपने लक्ष्य की ख़ातिर इतना त्याग करने को तैयार हैं?

एलन मुशैगन की बात पर ग़ौर करें, 'हर अंतिम परिणाम के लिए एक समयसाध्य प्रक्रिया की आवश्यकता होती है। हम अपने टीवी के रिमोट पर क्लिक करते हैं और किसी खिलाड़ी को जीतते हुए देखते हैं, लेकिन हमें यह अहसास ही नहीं होता कि उसे अपनी योग्यताएँ तराशने में हज़ारों घंटे लगे हैं। जो व्यक्ति भारी ऊँचाइयों को हासिल करता है, वह इसकी भारी क़ीमत चुकाता है... बिना किसी अपवाद के।'

आपको प्रिपेड मोबाइल रिचार्ज की तरह सफलता की क़ीमत पहले चुकानी पड़ती है, तभी आप अपना लक्ष्य हासिल कर सकते हैं। जैसा हैरी ब्राउन ने कहा है, 'आप जीवन में जो कुछ भी चाहते हैं, हर चीज़ की एक क़ीमत

होती है। अगर आप चीज़ों को बेहतर बनाना चाहते हैं, तो उसकी एक क़ीमत चुकानी होती है। अगर आप चीज़ों को जस का तस रखना चाहते हैं, तो उसकी भी क़ीमत चुकानी होती है – हर चीज़ की क़ीमत चुकानी होती है।'

एक अमीर राजा सफलता का सार जानना चाहता था। उसने अपने राज्य के सबसे बुद्धिमान लोगों से यह पता लगाने को कहा। दस साल बाद उन्होंने राजा की टेबल पर 24 पुस्तकें रख दीं। राजा ने कहा, 'और संक्षिप्त करें। मुझे एक वाक्य में सार चाहिए।' अंत में विद्वानों ने राजा की मेज़ पर एक काग़ज़ रखा, जिस पर लिखा था, 'दुनिया में कोई चीज़ मुफ़्त में नहीं मिलती।' यही सफलता का सार है। हर चीज़ की क़ीमत चुकानी पड़ती है; सफलता की भी।

अमेरिकी उपन्यासकार टोनी मॉरिसन ने बताया है कि शाम को लिखने की ख़ातिर वे कॉकटेल पार्टियों या डिनर पार्टी में नहीं जाती हैं। इसी तरह चालीस साल की उम्र में मार्सेल प्रूस्ट ने समाज से नाता तोड़कर अपने बेडरूम में बंद होकर दिन–रात लिखने का निर्णय लिया। इन लोगों ने लक्ष्य की ख़ातिर त्याग किया; अगर वे त्याग नहीं करते यानी क़ीमत नहीं चुकाते, तो इतने सफल नहीं हो पाते।

चौदहवीं सदी में बेल्जियम में रेनॉल्ड तृतीय रहता था। रेनॉल्ड के छोटे भाई ने उसकी ज़मीन–जायदाद पर क़ब्ज़ा कर लिया। रेनॉल्ड बहुत मोटा था, इसलिए छोटे भाई ने उसे ऐसे कमरे में रख दिया, जिसका दरवाज़ा सामान्य से छोटा था। बाग़ी भाई ने उससे वादा किया कि अगर रेनॉल्ड कमरे से बाहर निकल आएगा, तो वह उसकी ज़मीन–जायदाद उसे लौटा देगा। इसके लिए रेनॉल्ड को डाइटिंग करके ख़ुद को दुबला करना था, लेकिन रेनॉल्ड अनुशासित नहीं

था। उसका भाई चालाकी से हर दिन रेनॉल्ड के कमरे में ज़ायक़ेदार व्यंजन भेजता था, जिन्हें रेनॉल्ड जमकर खाता था। रेनॉल्ड ज़िंदगी भर उस खुले कमरे में इसलिए क़ैद रहा, क्योंकि वह स्वतंत्रता की क़ीमत चुकाने या त्याग करने के लिए तैयार नहीं था। अपने साथ ऐसा नहीं होने दें!

लक्ष्य तक पहुँचने का तीसवाँ सिद्धांत

नवाचार करें

'मैं मुश्किल काम के लिए आलसी आदमी को चुनता हूँ, क्योंकि वह इसे करने का कोई न कोई आसान तरीक़ा खोज लेगा।'

– बिल गेट्स

नवाचार का मतलब है कि आप अपने लक्ष्य तक पहुँचने के लिए उपायकुशल बनें और नए तरीक़े खोजें यानी 'आउट ऑफ़ द बॉक्स' सोचें। थॉमस ए. एडिसन के ऑफ़िस की दीवार पर लगे साइन बोर्ड को याद रखें, 'इसे करने का एक बेहतर तरीक़ा है; उसे खोजें।' इसलिए लक्ष्य तक पहुँचने का तीसवाँ सिद्धांत है : नवाचार करें।

नवाचार करने या अनपेक्षित क़दम उठाना कई बार बहुत फ़ायदे का सौदा होता है। तेल उद्योगपति जे. पॉल गेट्टी ने बताया है, 'मैंने तेल की अपनी पहली ज़मीन झाँसा देकर ख़रीदी। मैंने ज़मीन की नीलामी में स्थानीय बैंक अधिकारी को भेजा, जिससे बोली लगाने वाले लोगों के हौसले पस्त हो गए। उन्होंने सोचा कि बैंकर किसी बड़ी

तेल कंपनी की तरफ़ से आया होगा, इसलिए उन्होंने ज़्यादा बढ़-चढ़कर बोली नहीं लगाई।' फलस्वरूप गेट्टी को यह ज़मीन सिर्फ़ 180 पौंड में मिल गई, जिसे उन्होंने चार महीने बाद 14,000 पौंड में बेच दिया। यानी सिर्फ़ 4 महीने में 75 गुना से अधिक मुनाफ़ा!

न्यू यॉर्क सिटी में औद्योगिक कॉन्ट्रैक्टर नॉर्मन स्ट्रॉस के सामने एक बड़ी समस्या थी। उन्हें न्यू यॉर्क के सबसे बड़े इनडोर स्टेडियम की पुताई की निविदा भेजनी थी। सामान्यत: पाइप का मंच बनाकर छत पर स्प्रे किया जाता था, जो काफ़ी महँगा पड़ता था, इसलिए नॉर्मन किसी सस्ते तरीक़े की तलाश कर रहे थे। एक दिन शाम को घर लौटते वक़्त नॉर्मन ने देखा कि बिजली कर्मचारी ट्रक की छत पर 'हाइड्रोलिक क्रेन' रखकर ऊँची स्ट्रीट लाइट पर पेंट कर रहे थे। यह देखकर उनके दिमाग़ की बत्ती जल गई। इसके बाद स्ट्रॉस अपने प्रतिस्पर्धियों से काफ़ी कम भाव की निविदा देने में सफल हुए और उन्हें वह कॉन्ट्रैक्ट मिल गया।

टोनी रॉबिन्स ने इसका अच्छा सार बताया है, 'महत्त्वपूर्ण आपके संसाधन नहीं हैं; महत्त्वपूर्ण तो आपकी उपायकुशलता है।' जब रॉय कैम्पानेला अपनी हाई स्कूल टीम में चुने जाने की कोशिश कर रहे थे, तो उन्होंने देखा कि कोई भी कैचिंग (विकेटकीपिंग) इलाक़े में खड़ा नहीं हो रहा था, क्योंकि वह काफ़ी अनाकर्षक और मुश्किल काम था। रॉय का लक्ष्य हर हाल में बेसबॉल टीम में शामिल होना था, इसलिए वे तुरंत कैचर बन गए और बाद में कड़ी मेहनत करके टीम के सर्वश्रेष्ठ खिलाड़ी बन गए।

इसी तरह लू होल्ट्ज़ भी फुटबॉल खेलने के लिए बेक़रार थे। उन्होंने टीम की सभी ग्यारह पोज़ीशन्स याद कर

लीं। अब वे किसी भी खिलाड़ी के घायल होने पर फ़ौरन मैदान में उतर सकते थे। इससे उन्हें एक के बजाय ग्यारह मौक़े मिले।

मशहूर निवेशक डेनियल ड्र्यू जब यह चाहते थे कि बाक़ी लोग किसी ख़ास शेयर को ख़रीदें या बेचें, तो वे वॉल स्ट्रीट के पास बने क्लब में पसीना पोंछने के लिए लाल रूमाल निकालते थे। इस रूमाल से एक काग़ज़ गिरता था, जिस पर वे ध्यान नहीं देते थे। क्लब के सदस्य उनके जाने के बाद लपककर वह काग़ज़ उठा लेते थे। उस काग़ज़ में किसी शेयर के बारे में ख़ुफ़िया जानकारी लिखी रहती थी और सदस्य उस जानकारी के आधार पर धड़ाधड़ शेयर ख़रीदते-बेचते थे, जिससे वे ड्र्यू के हाथों की कठपुतली बन जाते थे।

बुक डिस्ट्रिब्यूटर्स की माँग थी कि एमेज़ॉन एक बार में दस पुस्तकों का ऑर्डर दें, लेकिन एमेज़ॉन उस वक़्त इतनी पुस्तकें नहीं ख़रीद सकता था। बेज़ोस ने कहा, 'हमने पतली गली का एक रास्ता निकाला। उनके सिस्टम की प्रोग्रामिंग ऐसी थी कि आपको दस पुस्तकें ख़रीदना ज़रूरी नहीं था; आपको तो केवल दस पुस्तकों का ऑर्डर देना था। अपनी खोज में हमें शैवालों के बारे में लाइकेन नामक एक दुरूह पुस्तक मिली, जो उनके सिस्टम में तो थी, लेकिन स्टॉक में नहीं थी। इसके बाद हम अपनी मनचाही पुस्तक की एक प्रति के साथ लाइकेन वाली पुस्तक की नौ प्रतियों का ऑर्डर देते थे। वे हमारी ज़रूरत की पुस्तक भेज देते थे और साथ वाली चिट्ठी में लिख देते थे, "अफ़सोस है, लेकिन लाइकेन वाली पुस्तक हमारे स्टॉक में नहीं है।" नवाचार करके उन्होंने अपनी मुश्किल समस्या दूर कर ली।

अमेरिका में मिल्टन रीनॉल्ड्स ने अपने बॉल पॉइंट पेन का विज्ञापन दिया कि यह पानी के नीचे लिख सकता है। उन्होंने एक डिपार्टमेंट स्टोर में पानी के टैंक में एक व्यक्ति को बैठाकर सफ़ेद प्लास्टिक पर बॉल पॉइंट पेन से लिखाया। एक ही दिन में 10,000 पेन बिक गए। और यह नवाचार की बदौलत संभव हुआ था!

एरिस्टोटल ओनासिस जब युवावस्था में अर्जेन्टीना गए, तो उन्होंने ग्रीस की मशहूर तंबाकू आयात करने का लक्ष्य बनाया। ओनासिस सैंपल लेकर अर्जेन्टीना की बड़ी तंबाकू कंपनी के चेयरमैन जुआन गोआना से मिलने गए, लेकिन उन्हें मिलने का मौक़ा नहीं मिला। लेकिन ओनासिस ने ज़िद पकड़ ली। लगातार 15 दिनों तक चेयरमैन के आते-जाते समय ओनासिस गोआना बिल्डिंग से टिककर खड़े रहते थे। उनकी लगन देखकर आख़िरकार गोआना ने उन्हें अपने ऑफ़िस में बुलवाया और उन्हें पहला कॉन्ट्रैक्ट दे दिया। बाद में ओनासिस ने कहा कि इस सौदे से मिले 500 डॉलर ही उनके विशाल साम्राज्य की नींव बने।

अमेरिका के राष्ट्रपति जॉन क्विन्सी एडम्स सुबह नदी में निर्वस्त्र होकर तैरते थे। महिला पत्रकार एन रॉयल हफ़्तों से उनका इंटरव्यू लेना चाहती थी, जो एडम्स नहीं दे रहे थे। एक सुबह राष्ट्रपति के नदी में नहाते वक़्त एन उनके कपड़ों के पास बैठ गई। राष्ट्रपति ने उससे कहा कि वह उन्हें कपड़े पहन लेने दे, फिर वे इंटरव्यू दे देंगे, लेकिन वह अटल थी कि वह तब तक नहीं हिलेगी, जब तक कि राष्ट्रपति उसे इंटरव्यू नहीं दे दें। इस तरह एडम्स को पानी में खड़े होकर इंटरव्यू देना पड़ा। यानी नवाचार करके आप लक्ष्य तक पहुँचने की अपनी संभावना को बढ़ा लेते हैं।

जब आप नए तरीक़े खोजते हैं, तो वे आपको प्रबल प्रयास करने के लिए प्रेरित करते हैं, जिस वजह से आप अपने लक्ष्य तक आसानी से पहुँच जाते हैं। लक्ष्य की दिशा में नवाचार करने के लिए आपको बस इतना करना है कि आप अपने चेतन मन को अपने लक्ष्य से भर लें, ताकि आपका अवचेतन मन उस तक पहुँचने के नए-नए तरीक़े सोचकर आपको बता सके।

लक्ष्य तक पहुँचने का इकतीसवाँ सिद्धांत

सभी लक्ष्य समान नहीं होते

'वह आदमी समझदार है जो अपनी ऊर्जा उन लक्ष्यों में बरबाद नहीं करता, जिनके लिए वह उपयुक्त नहीं है; और वह आदमी उससे भी ज़्यादा समझदार है, जो जिन कामों को अच्छी तरह कर सकता है, उनमें से सर्वश्रेष्ठ काम चुनता है और उसे पूरी शक्ति से करने लगता है।'

–विलियम ग्लैडस्टोन

कुछ क्षेत्रों में आप ज़्यादा कोशिश किए बिना ही अपने लक्ष्यों तक पहुँच जाते हैं और कुछ में काफ़ी कोशिशों के बाद भी नाकाम रहते हैं। इसीलिए लक्ष्य तक पहुँचने का इकतीसवाँ सिद्धांत है : सभी लक्ष्य समान नहीं होते।

आप पहले से जिन क्षेत्रों में सफल हैं, अगर आप उन क्षेत्रों में लक्ष्य बनाएँगे, तो आप उनमें ज़्यादा आसानी से सफल हो सकते हैं, क्योंकि आप उस क्षेत्र में पहले से ही योग्य हैं। दूसरी ओर, जिन क्षेत्रों में आप पहले से असफल हैं, उनमें लक्ष्य तक पहुँचना आपके लिए आसान नहीं होगा,

क्योंकि आप उस क्षेत्र में अनुभवहीन हैं। यह सिद्धांत बहुत महत्त्वपूर्ण है, क्योंकि यह आपको बताता है कि आपको किस क्षेत्र में आसानी से और जल्दी सफलता मिलेगी। मान लें कि आपकी आर्थिक स्थिति अच्छी है और स्वास्थ्य की स्थिति अच्छी नहीं है, तो इसका मतलब है कि आप अगर आर्थिक लक्ष्य बनाते हैं, तो आप उन तक आसानी से पहुँच जाएँगे, जबकि आपके लिए स्वास्थ्य के लक्ष्य हासिल करना मुश्किल होगा। यह सिद्धांत बताता है कि लक्ष्य की सरलता या कठिनाई इस बात पर निर्भर करती है कि आपने किस क्षेत्र में लक्ष्य बनाया है और आप उस क्षेत्र में कितने योग्य या अनुभवी हैं।

एक और पेंच यह है कि जिन लक्ष्यों को नापा नहीं जा सकता, उन्हें हासिल करना मुश्किल होता है। स्वास्थ्य के लक्ष्यों तक पहुँचना इसलिए मुश्किल होता है, क्योंकि आप स्वास्थ्य को नाप नहीं सकते। आप अपने व्यायाम की अवधि को नाप सकते हैं, पैदल चलने वाले क़दमों को नाप सकते हैं, कैलोरियों को नाप सकते हैं, ब्लड प्रेशर या डायबिटीज़ या कोलेस्ट्रॉल को नाप सकते हैं, लेकिन अच्छे स्वास्थ्य को नहीं नाप सकते। आर्थिक लक्ष्य सबसे ज़्यादा आसान होते हैं, इसलिए आपको आर्थिक लक्ष्यों के मामले में जितनी जल्दी कामयाबी मिलेगी, उतनी दूसरे क्षेत्रों में नहीं मिलेगी। सेल्स कमीशन के लक्ष्य अथवा परीक्षा के अंक मापना भी आसान होता है।

जॉर्ज गर्शविन ने अपनी सबसे लोकप्रिय रचना *रैप्सोडी इन ब्लू* बहुत जल्दी में लिखी। पॉल वाइटमैन ने गर्शविन से जैज़ रचना का आग्रह किया था, परंतु गशर्विन उस वक़्त एक संगीतमयी कॉमेडी लिख रहे थे, इसलिए वे उसके बारे

में भूल गए। एक दिन जब उन्होंने अख़बार में पढ़ा कि वे जैज़ संगीत की रचना कर रहे हैं, तो उन्हें वाइटमैन का आग्रह याद आया और उन्होंने अपने ख़ाली समय में *रैप्सोडी इन ब्लू* लिख डाली, जिसने अमेरिका को पारंपरिक संगीत की क़ैद से आज़ाद कर दिया। ग़ौर करें, चूँकि जॉर्ज गर्शविन संगीत के क्षेत्र में अनुभवी और योग्य थे, इसीलिए वे यह काम इतनी जल्दी कर पाए। इसके अलावा सार्वजनिक दबाव और डेडलाइन के सिद्धांत ने भी उन्हें सफल बनाने में योगदान दिया।

इस मामले में एक और पेंच है। जैसा पहले बताया जा चुका है, कुछ लक्ष्यों की प्रोग्रामिंग हमारे डीएनए या मिस्टर ब्रेन में पहले से होती है। जब हमारे लक्ष्य आत्मरक्षा, भोजन और सेक्स के आदिम लक्ष्यों के अनुरूप होते हैं, तो मिस्टर ब्रेन उन्हें तत्परता से पूरा करता है, लेकिन जब हमारे लक्ष्य इन लक्ष्यों के अनुरूप नहीं होते, तो यह उन्हें पूरा करने में कोई मदद नहीं करता। ध्यान रहे, मिस्टर ब्रेन का मुख्य लक्ष्य हमें जीवित रखना है, इसलिए सुरक्षा, भोजन, सेक्स आदि से संबंधित लक्ष्यों को यह ज़्यादा तत्परता से पूरा करता है।

जब-जब हमारे लक्ष्य मिस्टर ब्रेन के लक्ष्यों से मेल खाएँगे, यह उन्हें जल्दी पूरा कर देगा और जब ये मेल नहीं खाएँगे, तो यह आनाकानी करेगा। डाइटिंग पूरी मानव जाति के लिए संभवत: सबसे मुश्किल काम इसीलिए है, क्योंकि यह मिस्टर ब्रेन की प्रोग्रामिंग के विपरीत है। मिस्टर ब्रेन आपको जीवित रखने के लिए पेट में चर्बी का भंडार रखता है, ताकि अगर कई दिनों तक भोजन नहीं मिले, तो भी आप ज़िंदा रहें। मिस्टर ब्रेन को यह आदत तब से पड़ी

है, जब मनुष्य शिकारी युग में रहता था और शिकार के हर दिन मिलने की कोई गारंटी नहीं थी। युग बदल गया है, लेकिन मिस्टर ब्रेन की आदत नहीं बदली है। यह आज भी आपको जीवित रखने के लिए पेट में चर्बी का भंडार रखता है। आपको क्या लगता है, डाइटिंग के आपके लक्ष्य को नाकाम करने के लिए मिस्टर ब्रेन कितनी कोशिश करेगा? पूरी-पूरी! क्यों? क्योंकि मिस्टर ब्रेन के हिसाब से अगर आपके शरीर पर चर्बी नहीं रही, तो आप भूखों मर जाएँगे। इसीलिए हमें मिस्टर ब्रेन को पुरस्कार की लॉलीपॉप थमाना चाहिए, ताकि यह हमें डाइटिंग के लक्ष्य तक पहुँचा दे।

लक्ष्यों के बारे में एक रोचक प्रसंग है, जो बताता है कि एक ही काम करने वाले लोगों के लक्ष्य अलग-अलग हो सकते हैं। अमेरिकी प्रकाशक विलियम योवानोविच हार्वर्ड के विद्यार्थी जीवन में एक कैफ़े में अक्सर खाना खाते थे, जहाँ सस्ता लेकिन बेस्वाद भोजन मिलता था। बर्ट्रेंड रसेल भी वहीं खाना खाते थे। एक दिन योवानोविच ने उत्सुकता से रसेल से पूछा, 'मि. रसेल, मैं जानता हूँ कि मैं यहाँ क्यों खाता हूँ, क्योंकि मैं ग़रीब हूँ। लेकिन आप यहाँ क्यों खाते हैं?' रसेल ने जवाब दिया, 'क्योंकि यहाँ कोई मेरे विचारों में बाधा नहीं डालता है।' यानी दोनों के काम तो समान थे, लेकिन उनके लक्ष्य समान नहीं थे।

उन्नीसवीं सदी के अंत में अपराधियों को मृत्युदंड देने के लिए बिजली की कुर्सी अमेरिका में बहुत सफल थी। इथोपिया के राजा मेनेलिक द्वितीय ने भी बिजली की एक कुर्सी मँगा ली। कुर्सी आने के बाद उन्हें पता चला कि यह उनके किसी काम की नहीं थी, क्योंकि इथोपिया में बिजली

ही नहीं थी। राजा को बाद में उस कुर्सी को सिंहासन बनाना पड़ा। इस प्रसंग से पता चलता है कि लक्ष्य कितना ही अच्छा हो, आपका परिवेश उस लक्ष्य के अनुरूप होना चाहिए, तभी आप उस तक पहुँचने में कामयाब हो सकते हैं।

लेखक के बारे में

डॉ. सुधीर दीक्षित ने 225 से अधिक सेल्फ़-हेल्प और प्रेरणादायक पुस्तकों का अनुवाद किया है, जिनमें *हैरी पॉटर सीरीज, द सीक्रेट, रिच डैड पुअर डैड, 7 हैबिट्स ऑफ़ हाइली इफ़ेक्टिव पीपल, हाउ टु विन फ्रेंड्स, चिकन सूप, द पॉवर ऑफ़ पॉजिटिव थिंकिंग, द पॉवर ऑफ़ युअर सबकॉन्शस माइंड* और *थिंक ऐंड ग्रो रिच* जैसी कालजयी पुस्तकें शामिल हैं।

डॉ. सुधीर दीक्षित ने मशहूर बेस्टसेलर *टाइम मैनेजमेंट* सहित 7 मौलिक पुस्तकें लिखी हैं तथा उनकी पुस्तकों का दो भाषाओं में अनुवाद हो चुका है। डॉ. दीक्षित ने पीएससी (प्रोफ़ेसर) परीक्षा में अंग्रेज़ी साहित्य की प्रावीण्य सूची में प्रथम स्थान अर्जित किया था। वर्तमान में डॉ. दीक्षित शा. नर्मदा महाविद्यालय, नर्मदापुरम में अंग्रेज़ी साहित्य के प्रोफ़ेसर हैं। उनसे sdixit123@gmail.com पर ईमेल द्वारा संपर्क किया जा सकता है।